漫娱图书
SINCE BOOKS

古　代　偶　像　101　系　列

好友申请

古人很潮 编著

长江出版社
CHANGJIANGPRESS
漫娱图书

大佬掐架，欢喜冤家

第一章

好朋友一起走

第二章

第三章

古代明星情侣知多少

皇上向你发出好友申请
Menu

最强组合天团出道啦

第五章

大佬掐架，欢喜冤家

羊祜 & 陆抗　最像朋友的敌人

文／拂罗

我们来讲讲三国。

提到三国，许多小伙伴脑海里就浮现出熟悉的刀光剑影，三国还需要讲背景？东汉末年战乱不休，赤壁之后魏蜀吴三分天下，太熟悉了嘛。不过今天的故事和蜀国已经没关系了，因为咱们要讲后期，三分归晋时的事儿。

诸葛亮、刘备、孙权……当开疆辟土的人物都已作古，舞台留给了后代子孙，再精彩的龙争虎斗也逃不过"分久必合"的命运。蜀汉到刘禅这一辈被曹魏消灭，退出了历史舞台。而不久后的两年，曹魏被司马炎篡位，变成了晋朝。

几十年后，坐拥长江天险的东吴最后一个灭亡，这中间究竟发生了什么？

魏灭吴之前，我们先讲讲曹魏是如何被西晋代替的。

其实灭蜀汉的时候，曹魏政权已经基本是司马家的了——这就不得不提到司马家的腹黑老祖宗，他叫司马懿，曹操怎么瞅都觉得有"狼顾之相"的那位。早在魏公曹操活着的时候，司马懿就在他手下干活儿了，那时的司马懿还是个小萌新，怀揣着大大的篡位梦。

不过曹操不大信任他，所以他得熬，把自己熬成元老之后再动手。

司马懿熬着熬着就熬死了曹操，魏王换成了曹丕，他的好日子来了。爹不喜欢这家伙，挡不住儿子觉得顺眼啊！早年攻略老板的儿子是有好处的，司马懿紧紧抱住曹丕的大腿，终于在朝中步步高升，开始建立起自己的势力网。

不过，这还不是时机，曹家实力尚存，他还得忍。

就在司马懿熬死了曹丕和下一代的曹叡之后，他终于获得了"四朝元老"的成就，随着曹真等人逝世，曹家宗亲势力有所削弱，司马懿也终于能作为士族与曹家宗亲分庭抗礼了。此时魏王是谁呢？是曹芳。他即位时，年仅八岁。

所以，在曹芳玩泥巴的时候，大人们继续展开明争暗斗，权力落在了宗亲曹爽手里。

司马懿怎么斗的？还是忍。

曹爽掌握重权后，立刻尊司马懿为太傅，恭恭敬敬的。外人觉得挺融洽，司马懿却觉得挺糟心，太傅是个什么？虚职一个，曹爽这是把他明升暗降，收了兵权啊。司马懿干脆继续玩他最擅长的装病，回家瘫着去了，暗地里准备干一票大的。

【秘密频道】司马懿：咳咳，那个，谁愿意跟我一起干掉那个中二的曹爽啊？

没了司马懿这枚定时炸弹，曹爽可谓一手遮天，用人唯亲，连太后都给软禁起来了，众臣对他好感为负，这就给了司马懿好机会。终于，趁着某次曹爽和亲信外出祭祀，司马懿立刻调动人手控制京城，发动了高平陵之变，从此曹爽落败，势力彻底落在了司马家手里。

咱们今天的主角之一羊祜，就活跃在这个时期。

羊祜是标准的男神。他"身长七尺三寸，美须眉"，形象好，气质佳，还博学多才。另外，他的家庭环境也非常不错。他家往上数三代都是曹魏世家大族，他老婆是名门望族夏侯霸的女儿，他外公是著名文学家蔡邕，他姐姐还嫁给了司马懿的儿子司马师。

在这种完美光环之下，无数橄榄枝抛过来，多得能砸死人。州官四次征辟过他，但都被羊祜拒了，后来司马懿和曹爽展开激烈斗争，曹爽也想拉拢这个人才，也被羊祜给拒了。

当时有个叫王沈的人，也和羊祜一同被曹爽拉拢，王沈果断地投靠了曹家，还劝羊祜同去。

羊祜没同意，只淡淡地说了一句话："用性命去侍奉他人，并非易事。"

潜台词就是，我觉得曹爽不太行。

高平陵之变以后，曹爽果然被司马家灭掉，从此司马家架空了曹魏王族，王沈受到牵连，后悔莫及："羊兄，我现在还总回想你的话呢。"

这时候自负的人会怎么回答？估计是："你看，我就说你当初太草率了吧？"

羊祜没有，他微微摇头，安慰王沈："我也没想到曹爽会落得如此下场啊。"①

羊祜就是这么低调。

下一任魏帝叫曹髦，大将军则是"路人皆知"的那个司马昭。

---

① 《晋书》：与王沈俱被曹爽辟。沈劝就征，祜曰："委质事人，复何容易。"及爽败，沈以故吏免，因谓祜曰："常识卿前语。"祜曰："此非始虑所及。"

而羊祜已经三十五岁了，面对朝廷的 offer 依旧已阅不回，远离权力场，后来在朝廷的强行征拜下，只好做了个与世无争的中书侍郎。

为什么羊祜这么淡泊？是他天生"佛系"吗？

不，谁不想施展才华呢？曹家与司马家争斗愈发激烈时，羊祜选择了退避，因为他们祖辈都是曹魏的官儿，自己帮司马家实在说不过去，但……帮曹家吧？后期都已经"司马昭之心路人皆知"了，路人甲乙丙都知道曹家迟早药丸（要完）了，曹魏建立没几年，也犯不上羊家誓死效忠。

羊祜："我还是再等等吧。"

这一等，就等到了司马昭杀曹髦，又等到了蜀汉灭亡，再然后就是司马炎建了晋。如果说司马家篡位是大罪，那么灭蜀又是大功，后来的事儿似乎变得名正言顺了起来，历史的车轮一去不回头，天下终要大同，我们说人不能背离历史走向，羊祜也就态度含糊地跟了晋朝。

【公告】司马炎：咳咳，咱们要开始灭东吴了哈。①

摆平了漫长的内斗，西晋这才有精力把刀尖指向东吴，羊祜真正展露才能的时候，已经四十九岁左右了，当时晋朝和东吴边界各有个荆州，两相对峙，想灭东吴必须通过此地，羊祜便被派去守荆州。

荆州是个民心不稳的边界，来到荆州的羊祜立刻抓住了关键，充分体现了什么是儒将之风，他大量地兴办教育，开垦良田，主张怀柔政策，规定但凡有对面的吴国人投降，可自行决定去留。

一年后，对面传来消息："报，咱们对面那个荆州换了个新

———

① 《晋书》：帝将有灭吴之志，以祜为都督荆州诸军事、假节、散骑常侍、卫将军如故。

都督！"

"哦？叫什么？"

"陆抗！"

羊祜未曾想过，自己后来会和东吴的陆抗有名传千古的友谊羁绊。

陆抗是什么人？

陆抗比羊祜小五岁，从出身到实力都不比羊祜差，他爹是火烧刘备连营的陆逊，他外公是孙权的哥哥孙策，在东吴家世显赫。不过出生在后期的东吴，就意味着这辈子注定有点郁闷。

首先，一大郁闷来自顶头上司孙家。陆抗的老爹陆逊晚年和孙权有过节，在陆逊死后，孙权还拿捏着陆逊的"二十条罪状"质问人家儿子，幸好陆抗才思敏捷，从容地一一给辩了回去，记仇的孙权这才作罢。

后来孙权意识到自己对陆逊有愧，赶紧把陆抗找来，拉着他的手流泪道："我以前听信谗言，对你父亲不义，所以亏待了你啊。"

陆抗："您言重……"

孙权："所以，抗儿你能不能把以前我那段黑历史一把火烧掉，再也别让人瞧见啊？"

陆抗："……"

等到了孙权的孙子孙皓继位，陆抗感觉自己的心更累了。

天下早已没了逐鹿时的痛快，隔壁蜀国灭亡了，对面西晋建立了，立刻磨刀霍霍向东吴，隔着荆州朝这边虎视眈眈，东吴则站在历史车轮前，守着长江和前人留下的余力度日。陆抗清楚地意识到了局势的紧迫，面对庸主，却无能为力。

这一点从《三国志·陆抗传》中就可见一斑，陆抗苦口婆心地劝谏孙皓，却屡次被孙皓无视。

孙皓这辈子没啥爱好，就喜欢美人和杀人，日日在宫里举办酒宴，听佞臣说好话，看着不顺眼的大臣就砍头杀掉，整个东吴都人心惶惶。

这份惶恐如日渐冰冻的瓷器，终于在公元272年冻裂了。

东吴的陆抗和西晋的羊祜同时得知了一个消息：孙皓下令解除西陵督步阐的职务，命令其立刻返回建邺，步阐竟拒绝返回，直接举城叛投了西晋！

这事挺蹊跷，但考虑到当时东吴的气氛，步阐这决定也在情理之中。孙皓霸道到了什么程度？他不喜欢别人和自己对视，上朝的时候没一个大臣敢抬头看他，后来丞相陆凯就劝孙皓："君臣之间哪有不相识的理？您想想，倘若哪日发生不测，大家都不知道该怎么找您了。"

孙皓想了想，觉得有点儿道理："行吧，那以后准许你抬头看我。"

所以听到这位祖宗召唤自己，步阐心里是绝望的："莫不是有人在背后告我黑状？不行，回去可就掉脑袋了啊，我不回去！"他果断地献城投降。

可见孙皓已经恐怖到了什么程度。

西陵是直取东吴的一大重地，听闻步阐投降的消息，东吴大惊之中派出陆抗，讨伐步阐，守住西陵。西晋则大喜之下派出羊祜，支援步阐。

其实西陵也叫夷陵，多年前陆抗的老爹陆逊曾在这里火烧连营，烧尽了刘备的气数，如今这片土地再次燃起了烽火，史称"西陵之战"。很多人说这是东吴最后一次辉煌时刻，奇计频出，我们且看双方过招。

羊祜首先使了一招"出其不意"，将手下八万兵分成三路：荆州刺史杨肇往西陵支援步阐，徐胤领水兵攻建平，羊祜自己则率五万主力军前往江陵。为什么这么布置？当务之急不是支援步阐吗？打仗可不是这么简单，硬碰硬是两败俱伤，所以有个词叫"兵法"。

西陵城的防御设施强大，陆抗一时半会儿攻不下来，而江陵在东吴的心脏位置，地势开阔，易进攻也易撤退，所以羊祜不急着救步阐，而是派出两小支军队来分散陆抗的兵，自己则把重头戏放在江陵，出其不意。

羊祜这是给东吴出了道选择题，看你是攻我哪一路？

对面的陆抗恐怕会慢慢扬起唇角，这个对手，有意思。

不少将士都选救江陵，因为江陵俨然比西陵更重要，而陆抗却做出了让人难以理解的决定，他决定依然向西陵出发，命令西陵军日夜建造围墙，一面挡下晋军，一面将步阐围困在城里。至于建平和江陵，一个安排水军迎击，一个另有安排。

众将士一片哗然："他们的主力军可是往江陵走了啊！咱们还顾啥西陵？别丢西瓜捡芝麻啊！"

陆抗心里很稳："放心，江陵防守甚严，羊祜攻不下来，而这西陵与外族相邻，万一被西晋攻下，这些外族必定倒戈西晋，这才是大事。"①

众将士："那……那你修城墙干吗？你赶紧趁着晋军来之前，把步阐打下来啊！"

陆抗心里还是很稳："西陵的防御当初是我布置的，也甚严，咱们一时半会儿也攻不下来。不信你们去攻一下试试？"

----

① 《资治通鉴》：江陵城固兵足，无可忧者，假令敌得江陵，必不能守，所损者小。若晋据西陵，则南山群夷皆当扰动，其患不可量也！

当时真有几个将领带兵去攻，果然没攻下来①，陆抗见众人终于信服自己，便下令加快速度修筑城墙。等到杨肇率军到达了西陵，这城墙也修好了，两军对峙一触即发。前有杨肇，后有步阐，陆抗的军队处于随时被夹击的状态，不少将领心中惶惶，这时意料之外的情况发生了：有个叫俞赞的将领叛逃到了杨肇那一方。

这事儿要是处理不当可就是满盘皆输，俞赞手中掌握着不少军事情报，相当于把陆抗的家底儿掀开给敌人看啊。

这可糟了，牌刚在手里抓好，就被对方看清了。

陆抗是如何做的呢？陆抗毫不犹豫地把牌一摊，打乱了。

陆军手底原本有一处薄弱防守点，是用夷兵来守的，陆抗料想对方掌握情报后，必定会以此为突破口进攻，于是连夜撤下夷兵，换上了战斗力强大的东吴军。

后来杨肇果然来攻，率军气势汹汹到了现场，蒙了，和情报不同啊，在场的居然全是生龙活虎的东吴人。

杨肇军被这些东吴兵打得丢盔弃甲，又生怕陆抗派军来追，连夜撤走了——其实陆抗只是象征性地派兵追了追，杨肇惊慌中忘了考虑：陆抗要提防的还有步阐，怎么可能倾巢而出来追自己，留给步阐趁机进攻的机会呢？

诚然，杨肇是没什么军事才能的，但他自己逃跑也不是说不通。东吴子弟最擅水军，建平那一路军被打得落花流水，而此时羊祜那五万主力军，也传来了士气低迷的消息。

杨肇的内心独白是显而易见的：徐胤那小子是指望不上了，就连羊将军那边也说不准成败，到时候只剩下我，岂不是等着送死？

于是杨肇跑了，不带走一片云彩。

① 《资治通鉴》：诸将皆欲攻阐，抗欲服众心，听令一攻，果无利。

羊祜那五万大军是怎么回事？这就要从陆抗那一句"另有安排"开始讲起了。

其实若换作一般将领，恐怕就立刻输给羊祜了，攻江陵不仅是出其不意的一笔，而且经过了充分考虑，江陵地势开阔，就意味着羊祜军的粮草便于运输，攻下江陵不是梦。羊祜这个人擅出奇计，可惜老天爷冥冥之中安排了一出万物相克，他遇见的是另一个擅奇计的天才——陆抗。

陆抗的"另有安排"，就是安排江陵守将张咸建立大坝，引河水流动，将平阔的土地变成了汪洋，这一步可谓是彻底打乱了羊祜的计划，使他的五万陆军寸步难行，耽误了时间。怎么办呢？羊祜很快做出了"决定"。

不久后，陆抗这边得了消息："报，羊将军说要毁掉咱们的大坝，等河水过后，就率陆军继续进攻江陵！"

换作别人会怎么拆招？阻止他毁大坝？奇袭？

总之不会是陆抗接下来的命令。

"去通知江陵太守，不等羊将军动手，咱们先毁掉大坝！"

众将士满脸问号。

这个决定非常让人迷惑，怎么你还帮羊祜一把呢？你和羊祜是不是私下里串通一气了？将领们觉得陆抗用脑过度，疯掉了。但鉴于陆抗不走寻常路的画风，江陵太守还是乖乖奉命先毁了大坝，河水很快退去，土地变成了一片泥沼。

看着眼前这片泥沼，羊祜沉默了。

他身后的五万大军，正热热闹闹地准备水上作战，也跟着集体傻眼了。

因为先前放出"毁大坝"的消息，其实是羊祜打出的烟幕弹，他的真实意图是要水上作战，羊祜知道哪怕自己毁了大坝，也无法恢复到土地平阔的优势，而是变成一片泥沼，难以行军。①

烟幕弹被对面的陆抗一眼看穿，羊祜又不得不重新准备陆军，再次耽误了时间，更致命的是经过这几次反复折腾，他手下的大军早已士气低迷。之后听说徐胤和杨肇相继失败，羊祜深知再打下去只是损耗自己的主力军，便果断地撤退了。

而步阐那边失去了支援，很快被陆抗一鼓作气攻下，连诛三族。

西陵之战可谓神仙打架，套路加反套路，以羊祜失败被贬官告终。这是将东吴灭亡延后了多年的辉煌战役，陆抗在，东吴在，假如与羊祜拆招的是其他吴将，恐怕早已被三路军打乱了分寸。

最好的证明，就是后来西晋灭东吴时，用的还是羊祜留下的老招数，只不过彼时陆抗已逝，东吴很快亡在了晋兵手下。

这也是陆抗与羊祜平生第一次军事交锋，见识到了彼此惊人的军事才华，不打不相识，互生钦佩。

"对面有人才啊。"

两人各自隔着一个荆州，遥遥叹息。

羊祜意识到眼下还不是吞并东吴的好时机，于是改变了战略，主动申请调去荆州，将怀柔政策执行到底——诛心有两种，杀人诛心和仁义诛心，羊祜选择了后者。

对面荆州的都督依然是陆抗，他察觉到了羊祜此举的意图，对众将道："羊将军以德服人，倘若我们使用暴力，恐怕会不战而败。我们的目的只是保住边境，你们也不要为了一点小利益去

① 《资治通鉴》：初，抗以江陵之北，道路平易，敕江陵督张咸作大堰遏水，渐渍平土以绝寇叛。羊祜欲因所遏水以船运粮，扬声将破堰以通步军。抗闻之，使咸亟破之。诸将皆惑，屡谏不听。祜至当阳，闻堰败，乃改船以车运粮，大费功力。

侵扰晋人。"①

名传史书的"羊陆之交"开始了。晋军对吴人秋毫无犯，行军路过吴国边境，割麦子充军粮，每次事后都如数送上丝绢赔偿；晋军打猎时不可越界到吴国境内，如果有猎物先被吴人打下来的，落在晋军地盘，羊祜都下令归还。

就连两军交战都是这样的画风，羊祜写信说："陆将军，您看我们下月打一场如何？"

陆抗回信道："好的。"

羊祜写信说："陆将军，近日我们意外捉到两个跨越国境的少年，原来是你们吴将的孩子，已经随信送还啦。"

陆抗回信道："多谢。"

打仗呢！玩儿呢？！有晋将愤愤不平，主张偷袭吴国："这吴国眼看着都日渐衰弱了，将军还不打他？"

羊祜："是是是，打他，喝！"

晋将喝完一抹嘴："这酒真烈……我说什么来着？啊，对，打陆抗！"

羊祜："是是是，打陆抗，喝！"

酒过三巡，晋将被灌醉："我……我要说啥来着……"

羊祜："你什么也没说，你醉了，回去睡觉吧。"

军中渐渐传开消息，羊将军不想打陆将军，每次有人要打，羊将军就请他喝酒，敲黑板，所以想从羊将军手里骗美酒的话，可以说自己要打陆将军。

羊祜不仅请自己人喝酒，他还请对面的朋友陆抗喝过好酒——如果说之前算是逢场作戏，之后二人的互动，可就纯粹是

---

① 《汉晋春秋》：羊祜既归，增脩德信，以怀吴人。陆抗每告其边戍曰："彼专为德，我专为暴，是不战而自服也。各保分界，无求细益而已。"

朋友来往了。羊祜的使者带着美酒送到陆家大营，众吴将提心吊胆地劝，陆抗却毫不犹豫地一口气干了，笑道："羊将军不是在酒里下毒的人。"

还有一次陆抗染病，羊祜火速送来自己亲手调配的药："陆将军，这药我自己还没吃，听说你病了，我就先拿来给你了。"

众吴将依旧提心吊胆，陆抗依然毫不犹豫地服了。

陆抗："这药有……"

众将："将……将军怎么了？是不是那小子在药里下毒！"

陆抗："这药有点苦。"

众将："……"

主帅尚如此，何况双方百姓？至此，边界也持续了多年友好，吴国甚至尊称羊祜为"羊公"。

对于这俩人的友谊，孙皓写信来质问陆抗，被陆抗不卑不亢地辩得哑口无言："乡镇之间尚讲义气，何况国家？倘若我无信，猜疑羊将军，正是助长了他的怀柔政策，对西晋没有损伤。"[①]

最了解你的未必是挚友，有时反倒是敌人。

最难得是棋逢对手。

当交锋的寒光被收起，余下的是沉寂对峙时的各怀心思，哪怕一开始是逢场作戏，抵不住人心会被打动，羊祜与陆抗虽不相见，却早已在各自心中为对方冠以"朋友"之称。

这世间最神奇莫过于情谊，无论友情还是爱情，它会跨越人种、国界、跨越世俗，悄然怒放，所以有伯牙与子期、罗密欧与朱丽叶……太多歌颂情谊的故事。

陆抗和羊祜最后相见了吗？

---

① 《汉晋春秋》：孙皓闻二境交和，以诘於抗，抗曰："夫一邑一乡，不可以无信义之人，而况大国乎？臣不如是，正足以彰其德耳，於祜无伤也。"

相见其实是有可能的，但不如不见，因为相见必是"金陵王气黯然收"之时，终究有一方落败，隔着银亮的兵刃遥遥见上一面。

陆抗并未活到那时候，公元 274 年他在忧虑中病重逝世，吴国则灭亡于公元 279 年——或者可以说"陆抗亡，则吴亡"。得知陆抗病逝，羊祜觉得是时候攻下吴国了，几次上书司马炎，例如《请伐吴疏》，却遭到了朝中众多大臣的反对。

拖到羊祜病逝一年后，西晋大军才攻入吴国，从此三分归晋。

乱世结束了，羊陆之交的故事也随着历史被流传下来，我想，之所以流传甚广，不仅仅是因为这是朋友的故事，而是因为这是"乱世中两个身处不同阵营的朋友"的故事，因为乱世，所以这友情才尤为珍贵。

就像那句著名的台词：

你看，在野蛮的战场上还是有些文明的微光在闪动，那就是人性所在。

符登 & 姚苌

王子复仇记

文 / 白斩鸡

🔊 叮咚，前秦系统模拟器登入，角色信息载入中……

角色一 **符登**

姓名：符登
民族：氐族
身份：前秦皇帝

角色二 **姚苌**

姓名：姚苌
民族：羌族
身份：后秦皇帝

人物显示完毕，历史背景载入中……

西晋灭亡之后，司马睿在江南建立了东晋。同时，北方由各少数民族割据分裂，包括"五凉四燕、三秦二赵、一成一夏"，史称"十六国"。

其中，本篇主要政权视角为前秦，十六国三秦政权之一，涉及政权为后秦，另一三秦政权，由姚苌建立。

历史背景显示完毕，人物视角：符登，故事《王子复仇记》载入完毕。

您好，这里是前秦系统模拟器，您将作为主角符登，完成本篇《王子复仇记》的剧情，祝您体验愉快。

我的名字叫符登，这是我和宿敌相恨相杀的故事。

我出生在一个军人家庭，虽然贵为皇族，大家总以为可以和皇帝符坚扯上些亲缘关系，但实际上我们并不亲厚。

我们这种家庭出身的小孩，特别是在现在这个动乱的时期，步入仕途、行军打仗似乎已经成了理所当然的选择。我也不例外。虽然小时候可能皮了点，但长大之后我稳重多了，平时也看看书，打过一些胜仗，便得了官职成为一名光荣的"国家公务员"。

我哥说我脑洞大，作战的时候总有奇招，我挺开心的，但他后来又跟我说让我收敛一点，否则会招人嫉妒。我以为是他嫉妒我压制我，就慢慢地不跟他来往。没想到其实是我误会了他，他曾经向一个叫毛兴的人推荐过我，可因为毛兴的忌惮和嫉妒，导致我直到很久以后才被重用。

现在想来我很感激我哥，人生短暂，遇到赏识自己的贵人是一件十分难得的事。

除了我哥之外，还有一个人让我心存感恩，那就是符丕。是他将我的人生带入了另一个全新的世界。

那时朝中有一位叫作卫平的老将，由于年事已高，大家担心他难以再带领军队，于是众人商议之后向当时的皇帝——苻丕推荐了我。虽然从血缘来说苻丕是我远房表叔，但实际上我们不是很熟。我很惊讶，也很感激他给了我机会，发誓一定要好好干，不能辜负大家对我的期望。

只是倒霉的是，老天非要跟我过不去，行军打仗中闹饥荒怎么行？我也不是这么容易就被打败的，为了活下去，我只好让将士们吃"熟食"。至于"熟食"的来源，只能对不起那些死去的人了，毕竟活着的人才是最重要的。

但万万没想到，这件事居然让我火了一把，让我与宿命中的那个人有了第一次精神接触。

姚苌，是我一辈子也忘不掉的名字。他和我家的故事，说来话长，要从我爷爷辈算起。

我们这个时代，是历史上为数不多的少数民族崛起的时代，但各族群立带来的后果就是战争四起，你打我我打你，谁也不服谁。

也不难理解，都是少数民族，凭什么我就要低你一等？

姚家和我们苻家就是这样，只不过当年的战争是苻家赢了，姚苌的哥哥姚襄被斩杀之后，他带着一众手下便投降了。

但是，因为赏识姚苌的才能，苻坚并没有亏待这位敌人的儿子，而是让他和自己的其他部下一样带军打仗。

起初，姚苌凭借自己的才能屡立战功，官职也连升不少。让我都有些嫉妒的是，苻坚甚至要封他为"龙骧将军"，要知道，这个称号对苻坚来说有着特别的意义，因为"龙骧将军"是当年苻坚的伯父苻健授予他的称号，意思是"为神明所命"，来勉励他发奋图强，而在那之后这个称号再未给过其他人，它的意义不言而喻。

明明苻家还有那么多子孙后人，苻坚却为姚苌做到这个地步。

可世事无常，也许一直这样下去他们会是永远的好君臣，但人心难测，在面对选择时的一念之差改变的不仅仅是自己，也改变了别人的未来。

几年后国家爆发内乱，姚苌和苻坚的儿子苻睿一起出征。姚苌也没想到"猪队友"就被自己碰上了，苻睿不听劝告一意孤行，结果一不小心就把自己作死了。姚苌心里苦，皇帝对自己再好，把人家儿子搞没了叫什么事儿？只好瑟瑟发抖地派人去请罪。

果不其然，亲儿子才是真的，苻坚一怒之下把姚苌派去的使者都杀了。姚苌听到这事，咯噔一下，心里凉凉的，脖子也凉凉的，他思考一番，觉得这么回去不是个事儿。

要不，跑吧？

于是姚苌就跑了。姚苌跑也不是光杆司令一个人跑，有人看到这个情况就开始出谋划策。

众人："头儿，我们都觉得你超厉害，肯定是个当皇帝的料！"

姚苌："不不不，我不是，我没有，你别乱说！"

众人："是真的！这个世道如此艰难，没有你拯救就完了！来吧，当皇帝，搞快点！"

姚苌："……哦……"

于是姚苌就这样委（快）屈（快）巴（乐）巴（乐）地干起了大事业，还给自己搞了一串称号：大将军、大单于、万年秦王。

但是这样还不够，似乎还缺了点什么。姚苌一拍大腿，半晌终于想起来，是"名头"！他便派兵把苻坚围了起来，讨要传国玉玺，苻坚破口大骂，不给。那没玉玺咋办？让位也行。结果苻坚又把姚苌骂了一通，你杀了我吧，杀了我也不会给你的。

姚苌气不过，不给拉倒，你想死就死吧。

于是，苻坚，卒。

若是事情到此为止，姚苌顶多算是历史洪流里一个不起眼的不忠之人，但他之后的一系列"骚"操作，为自己在史书上留下了浓墨重彩的一笔。

故事讲到这里，也是时候轮到我上场了。

我比姚苌晚出生十几年，等到苻丕重用我的时候，我们双方已经打了好几年。不巧的是，就在同一年，苻丕也在战场上被杀。

听到这个消息的时候，我心里十分悲痛，不仅自己，还下令三军都为苻丕穿戴丧服。他的部下纷纷来投奔我，我想立苻丕的儿子为皇帝，可他们却说孩子太小难担大业，我只好顺应大家的期望，亲自举起复仇的大旗。

姚苌在当年杀死苻坚的时候，为了掩盖自己的罪行，还授予苻坚"壮烈天王"的谥号。每每想到这个，我都觉得羞愧和耻辱。

我把苻坚的神位立在军营里，请专人护卫，无论想做什么都会在前请示，和将士们一边哭一边刻下"死休"二字，希望含恨的先人可以看着我顺利除掉姚苌，为他们复仇。

不久之后，我领兵与姚苌战斗。

姚苌这个人，虽然人品不怎么样，但的确是一个难对付的敌人。

有一次我好不容易围住他们，让士兵对着他们的营寨大哭，希望借此换回一点姚苌的良知，若是他心中仍有一丝对当初杀害苻坚的愧疚，就不会无动于衷。可哪知这人脸皮极厚，非但无一点悔意，还叫人跟我们对哭。我看这招没用，便下令退兵，决定再想其他的法子对付他。

我的法子还没想出来呢，就听说姚苌比我们快一步找到了解决之法，打听之后，我差点没气死。姚苌听说我把苻坚的神位供在军营之后连打胜仗，竟然也造了个苻坚的神像，说当初所做的一切都不是自己的错，希望苻坚念在君臣旧情保佑自己。

我一个箭步就站出来指着姚苌骂不要脸，有本事出来决一死战！这人怂得不敢出来应答。后来他们战事不利，反而还怪到神像头上，姚苌让人把神像的头砍下来送了过来。我打开的一瞬间气血上涌，我……

我不杀了姚苌这狗贼就不姓苻！

之后我和姚苌斗了许多年，都难分上下，他抓了我的皇后，还把苻坚的坟掘了，脱掉衣服鞭尸，这等恶劣行径终于在不久以后遭到了报应，姚苌重病了。

我感觉到机会来了，于是召集兵马，对着苻坚的神像祈祷这次能够完成复仇。可是姚苌实在太狡猾了，一会儿引我出城追击，一会儿派人捣我营寨，我发觉不太对劲决定退兵，结果他又跟在后面，一会儿追我一会儿却连营帐都空了。

我吓得头皮发麻，这人不是病重了吗，怎么还像鬼一样？三十六计走为上，我还是决定回去之后再做打算。

但可惜的是，我最终没能亲手杀了他，因为没过多久就传来了姚苌的死讯。

这次恐怕是真的了。或许是苻坚真的显灵了，常常出现在姚苌的梦中，率领天官和鬼兵来杀他，姚苌吓得不轻，迷糊之中被手下误伤，还以为是梦里的鬼真的刺伤了自己，醒来之后看见自己大出血，神志不清地求苻坚原谅，说杀他的不是自己，而是姚襄。

可苻坚会原谅他吗？我想不会。这个人到最后都不肯悔改，还将罪名推给自己的哥哥，不值得原谅。

不管怎么说，大仇得报总是令人快意，哪怕后来我因为轻视了姚苌的儿子姚兴而被杀，也不会后悔了。

张耳 & 陈余 权力之下的「塑料」兄弟情

文/拂罗

《史记》记载过一场友谊巨轮轰然翻沟的惨案。

这事儿，还要从秦朝即将灭亡的那几年讲起。主人公是两个梁国人，张耳和陈余。

张耳这个名字咱们可能不熟悉，但张耳的外祖父咱们肯定熟悉，叫张仪，所以张耳在当时也有一定知名度。

张耳早年曾在大名鼎鼎的魏无忌手下当过门客，还和"潜力股"刘邦拉满了"好感条"[1]。后来魏国灭亡，张耳不知犯下什么案子，背着罪名逃到外黄定居——当时法律可不比咱们现在健全，什么天网恢恢，疏而不漏，不存在的，咱们看到的豪杰都不算是现代定义的"好人"，反而还受人赞赏"你是成大事的人啊"！

张耳到了外黄以后，就被天上掉的馅饼给砸中了。当时外黄有个富人家女儿出嫁，嫁给了一个平庸的丈夫，这女儿就哭闹着不甘心，吵着让爹另找个夫婿，富人揉着额头，听自己的门客出主意："本地有个叫张耳的人，是个才俊，不妨许配给张耳？"

---

[1]《史记》：高祖为布衣时，尝数从张耳游，客数月。

张耳走进来之后，富豪见他气度不凡，眼前一亮："来来来，你过来，这是我女儿，认识一下？"①

张耳就这么"捡"了个老婆，还从老丈人手里得到大笔启动资金，从此自己也开始招揽门客，后来居然还洗刷罪名，成了外黄县令。不少名士都慕名来投奔他，比如刘邦在外流浪的时候，也常常跑来外黄找张耳说（蹭）话（饭）。

那时候，张耳是刘邦最好的朋友之一，可刘邦是不是张耳最好的朋友？不是，张耳最好的朋友叫陈余，和张耳同为梁国人，二人一见如故，政治理想惊人地吻合，经历也相似。

这两人最明显的共同点就是，都被馅饼给砸中过，都有个慷慨的老丈人。

陈余爱好研究儒家学说，喜欢背上背包四处游历，就在他游历的过程中，有个富翁公乘氏就把女儿嫁给了他。后来陈余认识了张耳，二人很快就成了好朋友，由于陈余比张耳年纪小很多，所以把稳重的张耳当父辈般敬重。

俩人太投缘了，就成了一辈子的好朋友。有个词叫刎颈之交，意思是可以为对方抹脖子，这可不是普通的好友而已。

张耳和陈余也的确曾是出生入死的好友。

那时还没有农民起义，秦始皇也还在，魏国被秦灭了多年后，秦始皇听说张耳和陈余的大名，细细一寻思，不能留这俩魏国隐患在自己的国土，遂出千金悬赏张耳，五百金捉拿陈余。这俩人一下就成了行走的黄金，只好结伴改名换姓地逃走，逃到了陈县。

出生入死是什么概念？得到一个窝窝头，有你一半就有我一

---

① 《史记》：父客素知张耳，乃谓女曰："必欲求贤夫，从张耳。"女听，乃卒为请决，嫁之张耳。

半，这对好朋友是受尽了磨难，互相扶持着度过多年，甚至屈才当了个"里监门"勉强度日。里监门是什么？其实就是最低微的小门卫，可见两人处境有多艰难。

陈余因为年轻，不免火气旺盛，这些年一直由比较沉稳的张耳扶持着他。有次陈余犯了小错，一小吏扬鞭就打，陈余哪儿受得了这屈辱？好歹我以前也是魏国名士，前呼后拥，居然被你区区一个小吏给打了？他当即就想蹦起来反抗，刚想蹦，就被旁边的张耳重重踩了一脚，使了个眼色，示意他别乱动。

陈余只好忍着怒气挨了一顿打，等小吏趾高气扬地走了，张耳就悄悄拉他到树下，责怪他："始吾与公言何如？今见小辱而欲死一吏乎？"[①]

我当初怎么跟你说的？今天你受到一点侮辱，就要死在一个小吏手上吗？

陈余这才幡然醒悟，默不作声地点点头，继续跟张耳一同忍辱负重。

"当初"这个词颇值得研究，根据人的说话习惯推测，张耳已经无数次劝过脾气火暴的陈余了，苦口婆心地劝他成大事者要沉住气、沉住气——这句话其实也给他俩之后的决裂埋下了伏笔。

公元前209年，随着那一声"王侯将相宁有种乎"，张耳和陈余的机会很快就来了。

天下合久必分，分久必合，秦王朝"合"了没几年，百姓日渐怨声载道，这天下又"咔嚓"分裂了，如果导火索有名字，那么一个叫陈胜，一个叫吴广。陈胜领着几万兵打到陈县的时候，隐姓埋名的这两人也终于熬到了头，毫不犹豫地投奔了陈胜，被封为左、右校尉。

[①]《史记》。

有一展拳脚的好机会，两人很快就显露出了出色的才华，当时陈胜势力愈发庞大，有人劝他自立为王，陈胜犹豫不定地问张耳和陈余，被这两人连声阻止。为什么？因为陈胜是打着推翻秦朝苛政的正义大旗行动的，如今刚到陈地便急着称王，露出自己的野心，这肯定是目光短浅的做法啊。

然而陈胜似乎只是象征性地问问而已，客套归客套，他心里还是想称王的，这两人合力硬是没拉住他，陈胜还是早早登上了王座，也为他之后的失败埋下伏笔。估计那段时间两人私下里喝酒谈话，都是暗暗吐槽"咱们那糊涂上司哎"。

后来陈胜死亡，张耳和陈余经历一系列波折，找来赵国的王孙赵歇立了赵王，两人依旧是同事，在赵王手底下工作，这日子似乎也一天天好了起来。

事情似乎正渐渐往好的趋势发展，按理说这两人共患难，已经建立了革命性的友谊，总该留给后世一段佳话了吧？但是……但凡友谊，总归会经历一系列大大小小的考验，这次降临在二人头上的考验，忒大了。

这是赵王上位两年后的事儿，秦将章邯率大军攻打赵国，赵军被打得节节后退，张耳护送着赵王一路逃到巨鹿，陷入了困局，城外是四十万秦军，分分钟就要打过来，往哪儿逃？赵国紧急向楚国等诸侯国求助，读过"作壁上观"的朋友们都知道，各诸侯国也不敢去碰秦兵的霉头，只远远观望着。

眼看着城里弹尽粮绝，笼罩在一片绝望之中，张耳和赵王急得团团转，张耳口中最常嚷的一句话就是："陈余在何处？怎么还不过来救我！"

按说诸侯观望，正常，可陈余在哪儿？陈余不在四十万秦军的包围圈里，他当时带着几万名士兵驻扎在城北，也心惊胆战地观望着这场压倒性的战局。

在城里等了整整几个月的张耳终于坐不住了，钦点了两员大将："你们去给我看看陈余玩儿什么呢！"

"是！"

两员大将冒死冲出敌营，满身是伤地来到陈余大营，劈头盖脸地质问他："难道您忘了昔日刎颈之交的誓言了吗？赵王与您的挚友眼看要亡于朝夕之间，您拥兵数万却不救，把交情置于何处？倘若您要遵守同生共死的承诺，何不与秦军决一死战？兴许还有一线赢的机会！"[①]

对于这顿劈头盖脸的大骂，陈余却摇摇头，坚定地说出一个字："不！"

"现在我带兵去，如同把肉送到饿虎之口啊！"

陈余还记得当初张耳关于"冷静"的教诲，秦人四十万大军，他这几万兵过去，不仅救不回张耳，还白白全军覆没，同归于尽，还不如忍一时。他们之中总有个人要活下来，再举起大旗为张耳和赵王复仇。

一方说着刎颈诺言，一方遵守着冷静原则，谁也说服不了谁。最后陈余无奈，对两位将领道："不如您二位先领五千兵去和秦人交手试试？"

两个将领也是满腔怒火降了智，真的带领五千人去攻四十万秦军了，连匹马都没活着回来。

张耳和陈余隔着四十万大军，一个在被死亡阴影笼罩的城里，等待好友提枪纵马为自己而战，争取一线活路；一个强忍焦急守

---

① 《史记》：数月，张耳大怒，怨陈馀，使张黡、陈泽往让陈馀曰："始吾与公为刎颈交，今王与耳旦暮且死，而公拥兵数万，不肯相救，安在其相为死！苟必信，胡不赴秦军俱死？且有十一二相全。"

在城外，不愿白白牺牲，作壁上观。在绝望的张耳眼里，陈余立刻变成了见死不救的懦夫，二人的友情第一次"咔嚓"裂了条缝。

就连自己派去的俩下属都没回来，是不是被他给杀了？陈余那小子真不够义气……看错他！呸！

就在张耳闭眼等死的时候，奇迹从天而降了，身穿银铠的骑士挥剑救出了城堡里的"张公主"……咳，和巨鹿城里的赵王。

骑士的名字叫项羽。

项羽完美地打赢了巨鹿之战，赵国死里逃生，连忙宴请诸侯庆祝，张耳终于看见了姗姗来迟的陈余，大怒，指着陈余的鼻子就骂："好啊陈余，当初你为何不救我？我派去的两人哪去了？是不是你杀了他们！"

陈余愣了一下，而后也大怒道："我怎么可能杀他们？他们领着五千人去攻秦……"

"莫要狡辩，就是你杀了他们！"

愤怒的张耳哪里听得进去这些，期望越高失望越大，此时的张耳感觉自己被挚友背叛，越想越气，再三质问陈余，也把陈余满心的担忧浇了个透凉。

冷静，这个词，当初是张耳你教我的啊？你忘了当年树下的话了吗？

陈余觉得自己很无辜，还有个原因：不光是他陈余"作壁上观"，其实张耳他亲儿子张敖也来了，也领着上万兵，也没敢直接去进攻秦兵——后来司马迁写《史记》，写到陈余不出兵，两人遂决裂的这一段的时候，颇意味深长地提了一句这事儿。

或许是在张耳眼里，陈余比自己亲儿子更重一分。所以失望也更重十分，他说出的每句话都深深地刺痛了陈余的心。

"想不到你对我怨恨至此！你以为我放不下这将军职位

吗！"

陈余越想越失望，借着怒意，将自己的将军印给解了下来，"啪"一声拍在桌子上，转身就走。咳，不是出走哈，是上厕所去了。两人吵到实在没话说，怒气爆表了，得缓缓。

张耳也没料到这一出，看着将军印，愣在了原地。

完了，这可咋整。

场面一时有点儿尴尬。

张耳身旁冒出来一个下属，趴在张耳的耳朵旁边，悄悄地打起了小算盘："大人你想想啊，这是老天的赏赐，您要是不接受它，恐怕会遭天谴啊，快收起来。"

只要有了权力，就能不再挨打……这声音好似魔音在张耳的耳畔萦绕，张耳又想起了自己和赵王被围困在巨鹿城的绝望，他缓缓伸出不该伸的手，将陈余的将军印收入囊中。

张耳刚收起将军印不久，陈余就回来了，他怒气消了一点点，深吸了一口气，要继续和糊涂的张耳理论。

可就在这时，陈余看见了空荡荡的桌面。

自己方才摔下的将军印，真的被张耳收起来了。

陈余感觉有四十万大军从自己的脑子上践踏过去。

如果说之前是朋友吵架，互相让一让兴许还能成就一段佳话，收将军印这事儿的严重性就立刻不一样了。陈余气到爆炸，当即就领着区区几百人，跑到黄河边打鱼去了。①

陈余和张耳从此彻底决裂。

---

① 《史记·张耳陈余列传》：陈馀怒曰："不意君之望臣深也！岂以臣为重去将哉？"乃脱解印绶，推予张耳。张耳亦愕不受。陈馀起如厕。客有说张耳曰："臣闻'天与不取，反受其咎'。今陈将军与君印，君不受，反天不祥。急取之！"张耳乃佩其印，收其麾下。而陈馀还，亦望张耳不让，遂趋出。张耳遂收其兵。陈馀独与麾下所善数百人之河上泽中渔猎。

事实证明，愤怒中的人智商为零，陈余这个举动直接让他的奋斗功劳清了零：当年项羽打赢巨鹿之战，秦将章邯恐惧赵高会杀自己，陈余就写了封信劝章邯，章邯也果然投降于项羽麾下。这事儿本是大功一件，却也因为陈余的半路退出而清零。

项羽入关当了西楚霸王后，封了老干部张耳为常山王，封原赵王为代王——也就是将以前的赵国给平分掉了。有人跟项羽提到陈余的名字，项羽这才想了想，勉强分出三个县给了陈余。[1]

半个赵国和三个县，这根本没可比性啊，凭什么？大家当年一同侍奉赵王，如今你却王袍加身，一呼百应，我却只能封个侯？

嗨，说来说去还是权力的事儿。

嫉妒是灌溉扭曲的毒甘露，陈余本就怨张耳的无情，如今见昔日挚友的风光无限，怨更是升级成了恨。如果说张耳先前被权力迷了眼，向陈余的大印伸手，是张耳鬼迷心窍，那么接下来陈余干的事儿，也是大大的不地道了。

当时齐王田荣也不满项羽的随心封侯，陈余便派人去拉拢田荣一同攻张耳，将张耳从这片还没坐热乎的地盘给撵了出去。

被陈余赶走后，张耳不知接下来该投奔谁，茫茫然四顾，手底下有个谋士出主意，您不如逃到刘邦那儿，正好他还是您的故交。张耳一听也对，遂连夜投奔了刘邦。

刘邦的特点是什么？刘邦的特点是特别能拉拢人心，看见昔日的张大哥来了，刘邦赶紧好生接待，这可把张耳感动得稀里哗啦，就决定跟随他了。日后张耳果然也得到了好结局，刘邦当了汉王，张耳也重新做了赵王。

赶走张耳之后，陈余又如何呢？

---

[1]《史记》：项羽以陈馀不从入关，闻其在南皮，即以南皮旁三县以封之，而徙赵王歇王代。

陈余将张耳手下的土地揽在自己手里，把赵国给合二为一了，他又把"代王"也就是原来的赵王给请回来，重新当了国君，赵王这边也是感动得稀里哗啦，连忙重用了陈余，实际的权力也就掌握在陈余手里了。

陈余心中还不解气，转眼到了公元前 205 年，刘邦要联合诸侯进攻楚国，使者来到陈余这边，陈余开了个条件："只要汉王把张耳的脑袋送过来，我们赵国就出兵帮忙。"①

使者回来一复述，刘邦感觉脑仁一疼，你俩反目成仇，干吗给我老刘出难题。

杀张耳是万万不行的，他刘邦素来以人格魅力服人，要是为了拉拢赵国杀了张耳，让其他人怎么跟着自己混？可放弃赵国强大的兵力也肯定是不行的，刘邦这人脑子灵光，想来想去，大手一挥："来人，去给我找个跟老张长得像的人！"

这世上相似的人何其多，很快，和张耳相貌相似的人就找到了。刘邦是打算玩一出障眼法，用这个倒霉蛋的头代替张耳的头，送去给陈余。

全场最无辜的倒霉蛋恐怕就是这位仁兄了，惨送一血。

赵国很快传来了陈余的回信，同意出兵打项羽。

或许是这人长得实在像，也或许是面对昔日好友血淋淋的头颅，陈余只匆匆扫了一眼便挪开目光，这事儿居然暂时没穿帮。

刘邦：计划通。

接下来的故事咱们也很清楚了，刘邦短暂占了项羽老家彭城，就被人家打得丢妻弃子，几十万诸侯联军人心不齐，居然没打过西楚霸王的几万奇袭军，死的死，伤的伤，各回各家。陈余听闻

---

① 《史记》：陈馀曰："汉杀张耳乃从。"于是汉王求人类张耳者斩之，持其头遗陈馀。陈馀乃遣兵助汉。汉之败于彭城西，陈馀亦复觉张耳不死，即背汉。

军中传来张耳的亡魂大白天蹦跶的消息，这才一拍脑瓜，意识到哪里不对。

张耳没死啊？！

刘邦的嘴，骗人的鬼啊！

陈余愤怒地叛出了刘邦的联盟大军，继续在赵国单打独斗。自从负气离开，陈余的智商似乎一直不在线，因为在乱世单打独斗可是危险的野路子，学张耳那样抱大腿才是正道。

果然，后来韩信与张耳奉命向赵国攻来，陈余居然以为韩信是个愣头青，大意轻敌，于公元前204年死于韩信的"背水阵"之下。

而留在刘邦手下的张耳则平安度过了剩余的两年，在乱世里有个比较好的结局，于公元前202年作为赵王去世。

这两人坎坷的友谊就此落幕。

纵观两人一生，陈余将友谊断送在了"忍"字上，也将余生断送在了"忍"字上，他终究和张耳一样，忘了当年树下的那番教诲，在友谊决裂后穷追猛打，被仇恨填满了内心，步步皆是错棋；而张耳在生死当前时也丢了当年的冷静，被权力的诱惑吞噬，葬送了这段友谊。

不过，张耳比陈余高明一些，正如南宋罗大经所评价的"耳之见，过余远矣。余卒败死抵水上，而耳事汉，富贵寿考，福流子孙，非偶然也"。[1]

能在落魄潦倒时一同怀揣远大的志向，却不能在荣华富贵时抵挡权力的诱惑，开始的期望越高，最后的失望越深，那些真心奉送的玫瑰，会在一场风雪后凋零落尽，化作一把直插心脏的刀。

如果时间倒转，停留在张耳即将向着将军印伸手的那一刻——

他是会继续伸手，还是沉默地放下呢？

---

[1]《鹤林玉露》。

刘邦 & 项羽 说好的一起争天下，你却背地里偷了家

文／拂罗

"朕为始皇帝，后世以计数，二世三世至于万世，传之无穷。"

这是秦始皇一扫六合后说出来的，这口气就很大了，从我开始到我儿子、到我孙子……祖祖辈辈都是皇帝。

也是相当打脸的一句话。

秦始皇驾崩传到秦二世，秦二世死后传给秦二世他侄子，再然后……就没有然后了，流氓头子刘邦的大军踏入咸阳的那一刻，秦始皇留下的梦想"啪嚓"一声就被老刘踏碎了。

秦朝，一共十四年，出现过三个皇帝。嬴政要是泉下有知，非得从皇陵爬出来不可，他爬出来后要做的第一件事，肯定就是踢死赵高和他二儿子胡亥。

为什么？

嬴政有俩最出名的儿子，大儿子扶苏，小儿子胡亥。公子扶苏仁慈宽厚，因反对老爹的暴行被赶去监修长城；胡亥却不是什么正派人，他的老师可是知名的奸臣赵高。

老爹驾崩后，胡亥为了夺权隐瞒消息，伪造圣旨赐死扶苏，还害死了几十个兄弟姐妹。他就是史称的"秦二世"，秦朝已是苛税猛如虎，秦二世登基后更是变本加厉。

六国遗民未作古，仇恨依旧在，秦人却提前开启了歌舞升平模式。各地苦不堪言，在"男子力耕不足粮饷，女子纺绩不足衣服"①的背景下，陈胜和吴广揭竿而起，反秦斗争浩浩荡荡地拉开了帷幕。

人设趋近完美的项羽，注定要当乱世的主角。

论身世，项羽是贵族之后，楚国名将项燕的孙子，他自幼丧父，在叔父项梁的"复楚国"式教育下长大，妥妥的复仇文主角；论能力，项羽"长八尺余，力能扛鼎"，当时吴中郡的子弟都畏惧他；论志向，有一次秦始皇游玩会稽，叔父带他去看皇帝大船，这孩子指着大船，掷地有声："彼可取而代也！"②

可以取而代之！

项梁吓坏了，连忙捂住他的嘴，免得祸从口出。

项梁又想了想，觉得这孩子不是平凡人啊！从他那双重瞳子就能看出来，他是有"帝王之相"的！于是他开始对项羽讲楚被秦所灭的痛苦，教他复国的本领。

"籍儿，记住叔父说的话，你是楚国的贵族，你生来就背负着复国的任务。"

"是，我知道了，一雪国耻！"

吴中少年拿着银亮的长剑，指向咸阳宫的方向，仇恨的烈火在他眼中熊熊燃起，他仿佛看到楚国被秦人烧杀掳掠的惨状。

公元前 209 年，陈胜吴广起义，许多百姓杀了当地的官员，

---

① 《汉书》。
② 《史记》。

纷纷加入反秦阵营。会稽郡守殷通见势不妙，连忙也高举起"我是义军别杀我"的大旗。

殷通找来项梁："老梁你看，大江以西全都玩造反呢，这是天要亡秦啊！凡事要占尽先机，我也想跟风反秦，你和桓楚当将领，如何？"

殷通的想法很美好，自己揭竿而起，让项梁和另一个叫桓楚的强人跟着。桓楚这人正在外地逃亡，得派人给找回来，项梁拍着胸脯道："我侄子项羽和桓楚关系好，你让我侄子也进来，让他自己跟你说。"

殷通一扭头，看见府外站着一个高大的青年，连忙招手："好，好！快请进……"

项梁使了个眼色，项羽拔剑而起，干净利落地斩了殷通，原来算盘不仅殷通一个人打，项梁也早有此意！众人骇然失色，怎么办呢？我们跟老上司其实也没啥交情哈，就纷纷投靠了项家，这对叔侄聚集了八千人马，正式开始起义。

他们一开始向陈胜出发，先后吞并了陈婴、英布等人的军队，又在彭城遇见了秦嘉的势力。秦嘉势力强大，自己找了个楚国后人景驹来当楚王——你要起义打天下，因为你想当皇帝？当然不行，名不正言不顺，你起码得打着"为国复兴"的名号。

秦嘉的意思很明显，我不需要你们，我自己玩儿。

项家叔侄的意思也很明显，那就开战吧。

秦嘉被打得落花流水，在胡陵被斩了，就连他立的"楚王"也在逃亡途中死亡。

秦嘉死了，他的兵自然归项家，项家军遂以大球吃小球的趋势一路前行，军队人数扩张到十万多。后来陈胜被杀，项梁从民间找了个叫熊心的楚怀王后人，立为新的楚怀王，举起了"复国"

大旗。

这时的项羽年纪轻轻，宛如战神，谁挡杀谁。

在他征战四方的时候，刘邦在做什么？

刘邦比项羽大二十四岁，少年项羽习武的时候，刘邦还是个娶不到老婆的老光棍，吊儿郎当地在沛县游荡。

刘邦之前也叫刘季，"季"也有"三"的意思，意思是他在家排行老三。大哥、二哥都务实种地，唯独老三不愿种地又没经商的脑子，经常被老爹痛骂："你看看你，没个出息，谁家的姑娘敢嫁你！"

刘老三不以为然，继续跟狐朋狗友鬼混：卖草席子的周勃、杀猪的樊哙、养马的夏侯婴……刘老三性子圆滑、不拘小节，就连县衙门的小官都跟他挺好，比如曹参啊，萧何啊，等等。

其实刘三也有大志，只是旁人不懂，他也有幸看过一次秦始皇出游，而且也在人群里惊呼了一句话。

"这才是大丈夫该有的样子啊！"

刘三的偶像是魏公子信陵君，他真去投奔过，要当人家的门客。只可惜当时马车很慢，消息也慢，刘老三颠簸到人家府上才知道，信陵君早就死了！

于是刘老三就回到沛县当了泗水亭长，古代十里一长亭，中途设亭长，其实就是基层保安人员，实在算不上啥官。他爹该叹气还是叹气。

他爹万万没想到的是，老三的机遇在某天忽然来了。

有天，沛县县令的朋友吕公设乔迁喜宴，不少人跑过来和吕家拉拢关系，也包括泗水亭长刘邦。刘邦刚要进门就被萧何拦下了："刘季啊，话说在前头，贺礼没到一千钱的人，都去堂下就座。"

刘邦荷包瘪，但他脸皮厚啊，他嚷道："我出一万！"

场上回荡着气吞山河的一声"我出一万"，大家纷纷探头看是哪位豪杰，一看是刘老三，不禁大失所望，再回头，却见吕公亲自跑出来迎接了。

吕公不是为了一万，而是吕公喜欢相面，一看这老光棍是成大事的人啊，居然就拉他来上座。刘邦大摇大摆地上去了，身后传来萧何无奈地嘀咕："刘季这小子一向满口胡言，很少做正事儿……"①

刘邦社交能力特别强，酒过三巡，吕公一拍大腿就把女儿嫁给他了，也就是后来的吕后。

刘邦人生的第二次转折点是什么呢？他押送犯人前往骊山，一路走一路有人逃，走到芒砀山时，刘邦怒摔担子："不押了，反正都失职了，去也死不去也死！我跟你们逃命！"

囚犯们感动得眼泪汪汪，这亭长够仗义！当即就有不少人决定追随他，刘邦就和囚犯们藏匿在芒砀山，避风头去了。

会稽太守被项羽一剑穿膛的时候，沛县县令也不约而同地想到了要起义，手下萧何和曹参出主意道："大人，不如把逃亡的刘季他们给招呼回来？也算是一分力量。"

沛县县令就让卖肉的樊哙去把刘邦给接回来，老刘表示自己正带着上百号人啃野菜呢，当然特别乐意回来啦。就在这时候，县令忽然嗅到一丝阴谋的味道，感觉哪里怪怪的。

让我想想，我是县令，县令是官方人员，百姓要杀官员却没有刀，如今我把刘老三调回……哎哟不对，快关上城门，弄死萧

① 《史记》：高祖为亭长，素易诸吏，乃绐为谒曰"贺钱万"，实不持一钱。谒入，吕公大惊，起，迎之门。

何和曹参！

萧何和曹参早就手拉手出逃了，外面刘邦进不来，写了封慷慨激昂的信，鼓动城里的百姓："如今天下都流行杀县令，你们何苦保这个出尔反尔的家伙？还是早点儿把他给办了吧。"

百姓们一寻思，有道理啊！

沛县县令，卒。

在萧何等人的推举下，刘邦摇身变成了"沛公"，大摇大摆地自称"赤帝子"，手下很快有了三千多人，不多，在乱世得抱大腿。抱谁呢？陈胜他们眼看着不行了，刘邦四处琢磨，决定去投奔秦嘉。

他在半路巧遇一个要去投奔秦嘉的人，这人与他一见如故，居然不投秦嘉改投刘邦了。

——此人名叫张良。[①]

厉害了，好像人才都聚集在了沛县，被刘邦收入麾下。刘邦真的这么幸运吗？是的，但巧归巧，最重要的还是他的人格魅力，大家觉得"刘老三豪爽又没架子，有你一块肉就有我一块，行，就认你为大哥了"。

市井混混式的结交方式，这也是高傲的贵族青年项羽所不能理解的，项羽的眼中燃着复仇的烈火，眼睛里倒映的是骄阳。

之前我们说过，秦嘉已经被项家叔侄干掉了，刘邦、张良等人赶到之后，就投靠了项家叔侄，从此开启了刘邦跟项羽人生中短暂的同袍时期。项羽和刘邦把酒言欢，称兄道弟，以灭秦为共同目标，多次击败秦国的军队。

后来项梁渐渐骄傲，不把秦兵放在眼里了。所谓骄兵必败，

① 《史记》：良为他人者，皆不省。良曰："沛公殆天授。"故遂从之，不去见景驹。

楚军攻打定陶的时候，项梁被秦将章邯突袭身死。

刘邦必定见识过项羽怒目圆睁，撕心裂肺怒吼的时刻。

不久后，项羽将迎来他最完美的一场大战——巨鹿之战。公元前207年，秦将章邯击败项家军，又渡过黄河攻打赵国，以四十万兵力将赵王严严实实地围在巨鹿。

赵国："请求支援！"

楚怀王决定出兵救赵，他先分出一支军队直接向西进攻秦国，直取咸阳，称西路军，由刘邦带领；救赵的北路军则由宋义为主将，项羽为次将。

出发之前，众豪杰指点江山："谁先入关中，谁就是关中王！"①

关中四周地形凶险，易守难攻。西路军其实没希望，可老刘偏偏天生幸运，主输出项羽太出彩了，直接把秦军主力给灭了。

四十万秦军是啥概念？有个叫陈余的将领就派五千人去试探了一下，连匹马都没活着回来。项羽领了多少人？领了五万人，大概能活着回来一匹马吧。

诸侯们都领兵过来了，谁也不敢跟人家秦军硬拼，都大眼瞪小眼，躲在自家建的壁垒里观望，后来也有个成语叫"作壁上观"②来形容这一场面。

北路军的主将是宋义，宋义也不敢出战，项羽怒急之下一刀砍了主将，自己率兵渡过大河，他拎剑怒吼："凿穿我们的船，摔碎做饭的厨具，带上三天粮草，与秦军决一死战！"

诸侯A进入【巨鹿】直播间："咋样了？"

诸侯B在【巨鹿】直播间给【项羽】刷了一朵小花花："这不，

---

① 《史记》：赵数请救，怀王乃以宋义为上将军，项羽为次将，范增为末将，北救赵。令沛公西略地入关。与诸将约，先入定关中者王之。

② 《史记》：当是时，楚兵冠诸侯。诸侯军救钜鹿下者十馀壁，莫敢纵兵。及楚击秦，诸将皆从壁上观。

破釜沉舟，马上就打起来了！"

在项羽眼前展开的，不是五十万大军，而是项梁嘶吼着的魂魄，还有那无数被秦军铁蹄践踏的楚国同胞，他们一刻不停地在项羽的耳畔怒吼号哭。

后来秦将章邯投降，秦朝失去主力军，大量被俘虏的秦军受到楚军报复，心生怨恨，项羽觉得留不得这些人，据记载，他将二十万降军连夜坑杀。

赢下巨鹿之战，项羽继续向关中进军，大军浩浩荡荡来到函谷关，意外被此地的守军拦住，一问是何人守军，答曰"沛公"。

原来刘邦趁他支开秦朝主力军之际，率西路军一路入关中，直接踏入了咸阳城！秦朝已是落日余晖，聚集最后的兵力也没能拦住老刘的铁蹄，秦三世带着传国玉玺，以白马素车出降，秦朝覆灭在昔日那个刘老三的手下。

"关中王"刘邦大摇大摆地走进咸阳宫，谁能想到，当年一个泗水亭长，居然也能住进咸阳宫呢？看着金碧辉煌的宫殿，刘邦脑子空了，打算好好享受享受。

樊哙："刘老三，啊不是，大人？"[1]

哎呀，美滋滋……

萧何："刘季，啊不是，大人，当务之急不是金银珠宝啊，我搜集了这天下的户册图册，咱们就知道天下的人口和地形了……大人？"

哎呀，浪里个浪……

张良："大人，把财物放回去，咱们要跑路了。"

刘邦终于意识到事情的严重性。首先，天下未定，他现在的

---

[1] 《史记》：沛公入秦宫，宫室帷帐狗马重宝妇女以千数，意欲留居之。樊哙谏沛公出舍，沛公不听。

行为是作死，其次嘴皮溜的打不过拳头大的，等项羽怒气冲冲地过来，看见你在这儿自称"关中王"，不打你打谁？

刘邦连忙带十万军跑回灞上，定下"约法三章"：杀人者死、伤人偷盗者抵罪，至于秦朝的苛政一律废除。百姓赞不绝口："这刘老三，啊不，刘大人真是个好人啊！"

不久，项羽领着四十万大军，浩浩荡荡来了。

听闻刘老三已入关中，项羽内心是不爽的；刘邦麾下的曹无伤跑过来，告密说"刘老三想在关中称王称霸，还任子婴为相国"，项羽内心更加愤怒。

范增琢磨着："这刘老三素来贪财好色，今天入关居然不抢财物女人，可见志向不小啊，得早点儿做掉他。"①

项羽觉得有道理，就在咸阳郊外的鸿门设了一场宴会，史称"鸿门宴"，要杀刘邦。

曹无伤为啥背叛刘邦，这个众说纷纭，不过项羽这边还有人救了刘邦一命，这个人就是项羽的另一个叔父项伯。

项伯早年与张良有很深的交情，眼看项羽要杀刘邦，就趁夜来劝张良跑路。不料张良点点头，转身就转述给了刘邦。

于是刘邦亲亲热热手拉手，喝酒卖惨说服了项伯，项伯遂回去给项羽做思想工作，导致鸿门宴上项羽心一软，想起昔日和老刘喝酒的岁月了，就放了刘邦，气得"亚父"范增怒摔玉斗。

此外，贵族项羽其实打心底瞧不起混混刘三，靠投机取巧走过来，这种人有什么能耐？

哪怕刘邦手下聚集了一群能人，他依然是刘老三。

---

① 《史记》：范增说项羽曰："沛公居山东时，贪于财货，好美姬。今入关，财物无所取，妇女无所幸，此其志不在小。吾令人望其气，皆为龙虎，成五采，此天子气也。急击勿失！"

哪怕刘邦先入了关中，他也依然是刘老三。

什么，这要是老刘的话，鸿门宴上放人不放人？嘿，你说呢。

这次进咸阳的人换成了项羽，大火烧了咸阳宫，三月不灭，烧尽了秦宫往日的巍峨，项羽仰天狂笑，自他儿时便亡魂不散的楚人们仿佛也跟着冷冷地狂笑。

项羽屠了咸阳城，杀了秦三世子婴，天下惊惧。

他缓缓地停止狂笑，眼前又浮现出少年挥剑的景象。咸阳宫，那时于他还是遥远的梦。

眼前咸阳宫的焦土，如此陌生又倾颓。

他忽然想家了。

有人劝他留下，成就霸业。

项羽摇头："我富贵却不返乡，如同锦衣夜行，谁能看到？"

他东归彭城的念头被谋臣韩生听说了，韩生叹息道："人说楚人残暴，就像戴人类帽子的猕猴，沐猴而冠，果然如此啊。"

项羽："来人，把这小子给我扔锅里煮了。"①

项羽还沿用了分封制，封自己为西楚霸王，然后把土地分给了功臣们。刘邦就被封了个"汉王"，然而他只得忍气吞声地接受——那可是远离中原的穷山恶水。项羽的意思很明显：你就在这儿待着吧。

刘邦出发"待着"去了，还毁了一路经过的栈道，意思也很明显：我就在这儿养老啦。

---

① 《史记》：居数日，项羽引兵西屠咸阳，杀秦降王子婴，烧秦宫室，火三月不灭；收其货宝妇女而东。人或说项王："关中阻山河四塞，地肥饶，可都以霸。"项王见秦宫皆以烧残破，又心怀思欲东归，曰："富贵不归故乡，如衣绣夜行，谁知之者！"说者曰："人言楚人沐猴而冠耳，果然。"项王闻之，烹说者。

范增怀疑："我觉得老刘不怀好意，你最好还是小心点儿。"

但项羽已然听不进"亚父"的话，他开始随心所欲地分封诸侯，让跟随他复兴六国的将士很不爽，搞了半天，天下变成你项家的了？随机分配？忘了周朝咋亡的了？

战火再次被点燃，这次是打着"打倒西楚霸王"的名号，一心回家炫耀的项羽不得不重新拎起武器四处镇压。

而老刘呢？

原来当年毁栈道是张良的计划，只是为了迷惑敌人而已，嗅到一丝丝机会，刘邦连忙"明修栈道，暗度陈仓"，很快从汉中复出，趁项羽镇压叛乱的时候，迅速平定三秦。

"三秦"指章邯、司马欣、董翳三位当初投降项羽的秦将，被项羽在关中封王。

老刘再次占了顺风局，大家欢呼着要他干掉残暴的项家军。如有神助的是，项羽当初还办了另一件事儿，他表面将义帝挪往长沙，其实暗中刺杀了义帝——当年他们拥护的旗号，楚怀王。

听闻义帝被杀的消息，刘邦是"袒而大哭。遂为义帝发丧"[①]，召集诸侯举起了复仇大旗。趁项羽离开，他率五十六万联军攻占了项羽的老家彭城，开启了为期四年的楚汉之争。

老刘坐在项羽原来的位置，那叫一个扬眉吐气，日夜跟诸侯们喝酒庆祝，好不痛快。

"报，西楚霸王打过来啦——"

一声来报惊醒了老刘的美梦。

原来是项羽听闻老家被攻占，大怒，率三万轻骑赶回来突袭，五十万联军人心不齐，竟一败涂地，刘邦也慌忙逃离彭城，据说

① 《史记》。

连老爹和老婆都丢了。当时几十万具尸体堆起来，都能把河水阻断[1]。

刘邦又经历了几次惊险大逃杀，终于逃入广武，两方进入胶着状态，刘邦拒不出战，项羽攻不进来。刘家士兵每日都看到西楚霸王在城下挑衅："刘老三，你有能耐关城门，你有能耐出来啊！"

项羽还绑了刘邦的父亲，威胁："刘老三，你再不出来，我就煮了你老爹！"

刘邦："咱俩结拜过，所以你爹就是我爹，你要是煮了咱爹，别忘了分我一杯羹啊！"[2]

项羽："……"

项羽让刘邦出来单挑："刘老三！如今豪杰只剩你我，天下不就是你我二人的事吗？有种出来跟我单挑决斗啊！"

项羽，力能扛鼎，万夫莫开。

刘季，泗水亭长，力能扛个锄头。

刘邦翻白眼，当我傻子呢？

老刘玩的是心机，在他的暗中指挥下，韩信以漂亮的潍水之战完成了迂回战术，如同切断西楚军右臂，又有刘邦麾下的灌婴直奔彭城而去。项羽一下变成了腹背受敌，更要命的是，他断粮了。

大势已去。

项羽很快有了撤退的念头，他与刘邦签订"鸿沟为界"，将天下一分为二，西归汉，东归楚，随后掉头东归。[3]

---

① 《史记》：多杀士卒，睢水为之不流。
② 《史记》：吾翁即若翁，必欲烹而翁，则幸分我一杯羹。
③ 《史记》：项羽恐，乃与汉王约，中分天下，割鸿沟而西者为汉，鸿沟而东者为楚。项王归汉王父母妻子，军中皆呼万岁，乃归而别去。

刘邦则在帐内静静听着项羽回撤的消息，他知道，项家军早已在一次次败仗中磨去了锋芒。

这次鸿门宴的刀握在了刘邦的手上，他是斩，还是不斩？

刘老三慢慢敛起了一贯笑嘻嘻的神情，他的双眸闪烁着冷光。

很快，刘邦以封赏土地为诱惑，令韩信等人及各诸侯起兵，从四方围困项羽，合军六十万，将项羽十万军逼退至垓下。

那一夜的垓下，曾有悲凉的楚歌四起。[①]

项羽率疲劳的军队退至垓下，见几十万刘家军等着，只好率八百骑兵冲出重围，汉军仍穷追不舍，项羽却又在阴陵迷了路，身旁骑兵仅剩一百多人。

一老农正扛着锄头躬耕，项羽疲惫地问道："该往何处走？"

老农竟指了条错误的路："左。"[②]

项羽在沼泽里误了时间，使得汉军追来，一路奔逃后，西楚霸王终于来到了终章的地点：乌江。

戏文话本里上演过无数次的故事，终究又再次重演了，虞姬再唱起那一首《垓下曲》。项羽立在乌江边，缓缓望着那几千汉军脸上的神情：忌惮、恐惧、警惕……他再次抬起了染血的长剑，这一次不再是剑指咸阳，而是刺向了自己的喉咙。

这一次不曾有破釜与沉舟，东渡的舟未沉，只是人无法自渡。

痞子刘三可以一次次地、连滚带爬地回来，他项羽不可以。

西楚霸王终究死在了乌江。

后来是刘三得了天下，改名刘邦。

在后世人的传说里，痞子赢了英雄，配角赢了主角，这是完

① 《史记》：项王军壁垓下，兵少食尽，汉军及诸侯兵围之数重。夜闻汉军四面皆楚歌。

② 《史记》：项王至阴陵，迷失道，问一田父，田父绐曰"左"。左，乃陷大泽中。以故汉追及之。项王乃复引兵而东，至东城，乃有二十八骑。

全正确的吗？

不完全，一个人的成败都必定有其原因。项羽失败最大的原因就是不得人心：坑杀秦兵、杀害义帝、逼走范增、鸿门宴上随口出卖曹无伤……少年时吴中子弟大多畏惧他，可畏惧，注定得不到人心。

他始终不曾成长，是任性的莽撞少年，要自称西楚霸王，要恢复分封制，和刘邦比起来他太年轻，自刎时也不过三十岁。

刘邦的成功？绝不是没有原因，恰恰相反，太多原因了：善于纳谏、知人善用、忍辱负重……他用自己那一套市井哲学，拉拢了大批愿意为他出生入死的兄弟。项羽眼中是烈火骄阳，是永远谱写史诗的英雄主义，是血流成河的残酷美学；而刘邦眼中，是这个嬉笑怒骂的真实人间。

最后是"英雄式"的项羽自刎，"非英雄式"的刘邦坐上了龙椅，击筑高歌："大风起兮云飞扬……"

世上哪有那么多纯粹的偶然呢？

从此世上少了个嬉皮笑脸的混混刘季，多了个万古不朽的汉帝刘邦。

"维天有汉，监亦有光。"

从此历史长河里多了个泱泱汉朝。

高欢 ∞ 宇文泰 当初就该宰了你

文／一握灰

提起魏晋南北朝，大家伙都觉着乱，这话不假，见天儿地互相攻伐，兄弟爷俩翁婿叔侄的，杀红了眼谁还管是哪门子亲戚。乱世出枭雄，打来打去，就有那么些个踩着累累白骨登上权力巅峰的能人。几十年里出一个不打紧，你独领风骚，可要是同时代里蹦出来俩，那就热闹了，就比方说勾践和夫差、刘邦和项羽、诸葛亮和周瑜……南北朝时期也出过这么一对儿厮杀了大半辈子的冤家——高欢和宇文泰。

追根溯源还得从北魏建国后说起，那时候北部边疆老不安生，为了抵御外敌，朝廷在都城北边设立了六座军镇，依次排开，用来拱卫京师。

有军有民才有城，北魏皇帝又下令，中原百姓都给我挪挪地儿，拖家带口积极北上搞建设去。等到孝文帝即位，终于决定不搁这块儿闹心地方待了，力排众议带着皇亲国戚浩浩荡荡迁都洛阳。

他这一走，国家权力重心也随之南移，王公朝臣迅速汉化，皆以清流自居，日久天长，他们就看不起北方六镇的军民了，瞧见了都撇嘴："怎么还穿这窄袖衣裳呢，不风雅。"

恰好此时柔然还臣服了，仗没得打，六镇官兵升迁无望，粮草军饷也日渐短缺。六镇兵丁也是气性大，行，不管我们是吧，我们就造反。

北魏朝廷当然要派军镇压，就在这战火连天中涌现出了两位初露锋芒的英才——高欢和宇文泰。他们本都是六镇戍卒，打小就好勇斗狠，身经百战，只要抓住机会就能出人头地。

先说高欢吧，他原本是尔朱荣、尔朱兆这哥俩的部下，后来羽翼渐丰，杀了老上司自己单干，统率六镇降军雄踞一方。跟他那些个倒霉子孙不一样，高欢治军严明，能谋善断，深知"挟天子以令诸侯"的道理，在北魏皇室里挑挑拣拣，今儿拥立一个明儿废黜一个，寻了个可心的皇帝候选人——元修，就是后来的北魏孝武帝。

有人要问了，过去的皇上呢？嗨，早让尔朱兆杀了，要不然，高欢能名正言顺地讨伐旧主吗？

高欢不仅扶立元修登上帝位，还把自己的女儿嫁给了他，多好，本来就只手遮天，现在还身兼国丈，可威风了！那是权倾朝野，呼风唤雨，一人之下，万人之上，这"一人之下"也就是凑个意思，嘴上称呼陛下，高欢心里可没把皇帝姑爷当回事。

这要是换成个怯懦无用的草包，或许就安心当傀儡了，偏这元修特有主见，想自己主政。那高欢能答应吗？自古有抱负的君王和有野心的权臣，早晚都得开兵见仗。

养尊处优的龙子龙孙跟老奸巨猾的封疆大吏比起来，确实弱了点儿，元修很快就被高欢逼得走投无路。眼看京城是待不下去了，近臣给他出主意："陛下，我们往西跑吧，关西有宇文泰，能与高贼抗衡。"

那还等什么啊，赶紧启程吧，本来还想再收拾点细软都来不及了，什么金银珠宝、香车宝马，全不要了，撒丫子就跑。

那边儿正坐山观虎斗的宇文泰听说皇帝要来投奔，心想这波不亏，虽说这年头皇帝就一摆设，但谁把他握在手里，谁就能光明正大地发号施令。

谋士有点愁："将军，高欢就咬在皇上屁股后头，说句实话，目前咱实力不如人家。"

"唉，"宇文泰一摆手，"迟早要对垒，尽管来吧。"

这高欢和宇文泰认识吗，那肯定的呀，老相识了。

早些年，小皇帝为了牵制高欢，曾经暗中联系过关陇集团，宇文泰那会儿刚发迹，自请出使晋阳，要去探探这位叱咤风云的权臣。两人一见面，气氛还挺友好，设宴招待，推杯换盏，谈笑风生。

吃也吃了，喝也喝了，宇文泰这就要告辞。高欢一伸手："且慢。"怎么着，要灭口啊，哪儿能呢，高欢是看上宇文泰了，舍不得放他走。

"宇文先生，"高丞相好久没这么客气过了，"你我这样谈得来，不如就留在晋阳共谋大业可好？"

宇文泰心想坏事了，虽然两人相处时间短，但他已经看透了高欢的品性，此人城府极深、心狠手辣，如果自己不答应，对方肯定不会放虎归山，定要杀之以绝后患。

那他能答应吗，也不行。老话说，道不同不为谋，宇文泰效忠的是关陇大将贺拔岳，两人的父兄是刎颈之交，两家关系好着呢，哪能出趟差就反水了呢。

高欢一再挽留，宇文泰是坚决推辞："丞相盛情在下心领了，可实在是眷恋故土，不忍离乡。"真恋家啊？是真没词儿了，什么借口都往外搬，好说歹说才让高欢松口。

"那行吧，宇文先生慢走啊，改明儿再来。"

宇文泰心想我还来？再来你就把我扣这儿了。出了大营即刻快马加鞭往回跑，生怕有变故。结果怕什么来什么，高欢前脚把人送走，后脚回过味儿来，一拍大腿："来人，快给我追！"

这哪还撵得上。宇文泰侥幸脱身，跟自家主将贺拔岳汇报工作，还不忘拍马屁："此人心怀二志，现在还没闹出大动静，也就是忌惮您。"

没过多久贺拔岳死了，宇文泰接管军队，治下有方，日渐成为关西霸主。

再说这逃难的孝武帝是真惨啊，随从越来越少，吃喝供应不上，一路风餐露宿终于在长安外碰上了率兵迎驾的宇文泰。

那就跟看见活菩萨似的，孝武帝抱着宇文泰放声痛哭："爱卿，朕可太难了。"

宇文泰还挺感同身受，都被高欢派人追过："陛下，您是先吃饭还是先沐浴？"这边儿刚把元修安顿好，那边儿高欢的文书就跟雪片一样飞过来了，连着四十道密信，威逼利诱孝武帝回洛阳。元修心想嘛呢这是，想叫我回去矫饰你的罪行？做梦，我就搁陇西待着了，宇文泰对我就挺好。

他看宇文泰是大舅哥看妹夫——越看越喜欢。怎么又攀上亲戚了呢，原来元修把自个儿妹妹也嫁给宇文泰了。可宇文泰瞧他，是越看越别扭，一来是腻味这魏孝武帝和堂姐妹乱伦，二来是嫌他过于有主见，碍事。于是寻个由头，就把元修毒死了，选元宝炬继承大统。

那边高欢也早就另立新君了，反正这事儿一回生二回熟，从宗室里挑个年纪小又听话的，就元善见吧，才十岁左右，好拿捏。

于是，高欢和他扶植的小皇帝，定都邺城，是为东魏。

而宇文泰和他拥立的小皇帝，建都长安，就是西魏。

东魏和西魏的对峙，本质上就是高欢和宇文泰的较量，俩傀儡皇帝不值一提。

俩人这么些年一直明争暗斗，如今各自拉大旗作虎皮，还废什么话，直接沙场上见真章。

前前后后，大的战役总共打过五次，小的摩擦那就不计其数了。

刚开始连着三年，年年开战，头两回都是高欢主动出击，谁让他实力雄厚呢，就老想着一口吞掉西魏。结果怎么样？潼关之战，退兵；沙苑之战，败走。

这把高欢给气的，不光恼火，主要还羞耻。就说第一战吧，宇文泰看穿了他的障眼法，引兵突袭，追得高欢车马辎重扔了一路，殿后的将军薛孤延砍坏了十五把钢刀，才勉强保护高欢脱身。第二战，东魏轻敌中了埋伏，高欢眼瞅着军伍溃散、丢盔弃甲，他都不想逃了，要不是大将斛律金抽了他的战马一鞭子，他就会被活捉。

这窝火的哟，高欢寻思再一再二不再三，说什么我也要扳回一局。结果，第三次发兵刚打没几天就折损了一员爱将，这把高欢心疼的，险些吐出血来。大概是老天也瞧不过去，突然出现了一场大雾，两军作战谁也看不见谁，那就盲打吧，一通乱砍。结果西魏那几员大将手气不行，净打自己人了，又瞅不见主心骨宇文泰，只能互相扯着嗓子吆喝："不行先撤吧。"

"我也正有此意，走走走。"

就这么着，东魏赢了。等到浓雾散去，准备捡捡西魏扔下的装备，结果啥都没有，敢情宇文泰撤军时把大营全烧了。

惨胜一局，高欢乐不起来，再加上大将身死，只得先消停几年。

等到双方缓过劲儿，又摆开战阵。这都第四次了，史称邙山之战。高欢可算是时来运转，手下大将彭乐直捣黄龙，深入西魏大营，追得宇文泰狼狈不堪，在马上颠儿颠儿地向彭乐求饶："彭将军，你今天杀了我，明儿就没用了，与其落个兔死狗烹的下场，不如放过我，拿走我营里的金银珠宝，岂不更好？"

这彭乐也是真浑，居然还觉得有理，扭头拾珠宝去了。摊上这样的部下，高欢没被坑死都是积了大德。

往后几天，两军你来我往一番厮杀，最终东魏告捷。这时候宇文泰已经是强弩之末，只要高欢狠狠心，咬咬牙，一跺脚下令追击，就能荡平西魏大军。可打了这些天，双方都军困马乏，高欢见将士们志气衰竭，只能摆摆手："算啦，回吧。"

他却不知，自己错失了一统天下的绝佳机会。

又过了三年，高欢都五十来岁了，率十万大军又攻西魏。结果遇上名将韦孝宽守城，高欢又是断水，又是火攻，挖地道，刨石头，堆土山……什么办法都使了也没攻破只有几千人把守的玉壁城。

偏巧军中爆发了瘟疫，战死病死七万多人，高丞相是又急又气，忧愤攻心，一病不起。这天晚上又听见好大动静，一问，居然是天降陨石砸营地里了。

古人迷信，管这个叫"将星陨落"，高欢被吓得不轻，看来天意如此，不打了，回吧。

路上越想越窝心，转过年来，又发生日食，病入膏肓的人哪经得住这刺激，很快就溘然长逝。

一代枭雄与世长辞，宇文泰听说后，心里有些五味杂陈，他是既轻松又惋惜，既喜悦又怅然。常言道，英雄惜英雄，俩人龙争虎斗大半生，到末了，也不曾坐下共饮一杯，共唱一曲：敕勒川，阴山下，天似穹庐，笼盖四野……

超颜值组合推荐

★ **《进击的美人》**

聚焦古代美人们的肆意人生
实力宠夫萧太后 x 长安霸总武则天
文坛大 V 李清照 x 战力爆表梁红玉

定价 :35.00 元

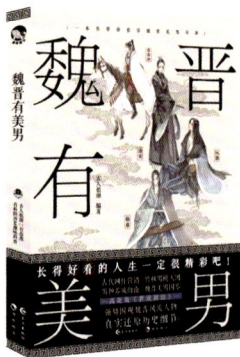

★ **《魏晋有美男》**

带你强势围观魏晋风流人物，真实
还原历史细节。
全球外貌协会五星推荐
没读过这本书，别说自己是颜控

定价 :35.00 元

孙膑 & 庞涓

本是同根生，师弟为何要害我

文 / 六欲浮屠

夜色深沉，万籁俱寂，一轮明月挂在夜空，照亮下方低矮昏暗的房屋。

这是一轮距今两千多年的月亮，它悬在魏国上空，清冷明澈。

此刻，一个男人正站在窗边，透过钉死的栅栏凝望空中沉默的冷月。他还很年轻，或许不到三十岁，但他已没什么未来可言了，因为等到天亮，他就会被拉出房间，以罪人的身份接受惩罚。

膑刑，活生生剜去人的膝盖骨，极为残忍。

男人嘴唇微动，却没发出声音，他只是睁大双眼，拼命盯着窗外的圆月，似乎只有这皎洁无瑕的月亮能证明他的清白。

我没有私通齐国……我是冤枉的！

很快，他就不能站在窗边，昂首挺胸地看月圆月缺了，他只能躺在榻上、趴在地上，甚至……

膑刑会活生生去掉犯人的膝盖骨，伴随大量出血、剧痛，还有对伤口敷衍的处置……很多人根本熬不过去，几天后就会在痛苦中死亡！

想到这里，他下意识地弯腰，想摸一摸自己尚完好的膝盖，突然，门外传来脚步声，有人来了。

"谁？"

"是我，莫慌。"一人低头钻了进来。

这是牢房的看守，这几天都由他给自己送饮食，或许这位目不识丁的小吏已听说了自己的来历和学识，这些日子不曾为难他。

刚听到门响时，他有一点儿惊惧，怕是对方提前来了。

处心积虑设下陷阱，就为这一场膑刑，哪怕只剩最后半个夜晚，对方也可能等不及。

"午夜都过了，你怎么会来？"他好奇看守的出现。

"我想跟您说句话。"看守低着头，似乎不敢看他。

"什么话？"

"您……"看守犹豫片刻，压低声音咬牙道，"您可知是谁……"

是谁……男人瞳孔猛地收缩，他明白看守要问什么——他是要问自己是否知晓是谁在背后设局，编造私通齐国的罪名，给自己判下膑刑！

知道，他知道的。早在几天前，当他左等右等，却始终没等到面见魏王的机会时，就有了隐约的怀疑。

还能是谁呢？没有第二个人选了，就是那个以魏王爱才为由，将自己骗到魏国的人。

那人与自己有好几年的同窗情谊，他们本是师兄弟！

"是……"看守上前一步，再次压低了声音，"是庞……"

"住口！"

事到如今，他怎么会还不清楚是谁迫害自己呢？但他现在完全不想听到那个名字。

庞涓。

男人捂住脸，用力闭上眼睛，往事如洪水汹涌而来。

在那个时代，如果问谁是天下最有学问的人，答案只有一个：鬼谷先生。

那年头，受教育是一种了不起的特权，只属于上层阶级中的少数人，而拜入鬼谷子门下更是天才的待遇。

那时男人还不叫孙膑，他更为人所知的身份是军事大家孙武的后代，和庞涓一样都是鬼谷子的学生。他们在山中苦学，阅读典籍、聆听教诲，推演天下大势，一次又一次探讨如何辅佐君王的宏观命题。

学生时代相对单纯，师兄弟相处还算融洽，但偶尔，他能隐隐感到来自庞涓的复杂目光，里边含着羡慕、嫉妒、忌惮等种种情绪，却又十分克制，没有明显的冒犯。

或许这就是为盛名所累吧，自家祖上确实太耀眼，对自己都产生了很大压力，他不得不加倍努力，将与生俱来的聪明才智发挥到极限，生怕兵圣威名因自己有半点蒙尘。

于是他没太在意庞涓的心思，只顾埋首学业。

学得文武艺，卖与帝王家。

当魏国的邀请函飞向庞涓时，他没怎么犹豫就答应了：出山入仕，去做魏国的将军。

大约庞涓已感到了威胁：师兄太厉害了，自己再学一百年也无法超越他，反而会因长期在他身边，被他的光芒影响而坐立不安，倒不如早早出仕，谋个好位置。

况且，早点辅佐君王，自然占据先机，等师兄出山时，他庞涓早已功成名就，谁也无法撼动了。

师兄弟俩就此分道扬镳，一个留在山中深造，一个走上工作岗位。

身为鬼谷子高徒，庞涓在魏国得到了极高的待遇，可他的心魔并没有消散，反而更加焦灼，他日夜担忧，怕师兄出山后侍奉别的君王，成为魏国的敌人。

如今是乱世，各国彼此侵攻，若在战场上被师兄打败，怎么办？

就算他不当敌人，也来了魏国，凭他的本事，自己还能得魏王重用吗？

不管哪条路，一旦师兄出山，自己都很可能失去现有的一切，干脆一不做二不休……

"唉……"

一声长叹，看守摇头离去，男人慢慢坐下来，他又想起那封来自庞涓的信。

他本不想出山的。他总觉得自己还差得远，要跟老师再多学几年，但信中言辞恳切，说魏王英明爱才，庞涓在魏王面前多次举荐自己，于是魏王请他过去，要和孙武后人当面探讨学问，请教兵法。

他被打动了，来到魏国，左等右等好几天，没等到魏王的召唤，却等来了一列威严的兵士，黑着脸将他拖进大牢，罪名是私通齐国！

庞涓……同窗数年，如今才看清你的真面目。

……

剧痛，剧痛！

从剧痛中醒来时，男人发现自己躺在车里，车正在行进，晃晃悠悠，偶尔还传来令他伤口更疼的抖动。

这是要去哪里？

发生了什么？

高烧的他几乎说不出话，旁边有人看穿他的心思，一面给他喂水，一面悄声回答："我们在去往齐国的路上。"

齐国？！

他大惊，自己正因私通齐国的罪名才落得这下场，可他从头到尾连一只齐国的猫都没见过，这下真的要去齐国？

"您侥幸逃得一条命，不如便坐实了罪名吧，我们齐王才是真爱才呢。"

"我双腿尽废，脸上也刺了罪人字样，如何做得国之栋梁……"

"不要紧，您的品格和学识还在，双腿的伤也要再处理下，齐国还有巧匠，给您做个带轮子的木椅……"

他想起来了，这声音是齐国大夫淳于髡，也不知他怎么把自己弄出来的。

齐国，齐国……那便去齐国！

膑膝、黥面，世间的苦他吃得差不多了，膑刑是吧，往后自己就是孙膑！

……

公元前 353 年。

庞涓瞪大双眼，几乎不敢相信自己看到的：乌压压的军队仿佛从地下冒出来，突然就出现在了自己这支轻骑的前方，跟着，他们像被一只看不见的大手操纵着，井然有序地合围，将自己牢牢困在当中！

看见这阵势，庞涓冷汗直流，熟悉，太熟悉了，这样的效率，这样的出其不意，这样的成竹在胸，当世只有一个人能办到！

孙膑！

果然，前方敌军部队让开了一个小口子，一道瘦削的身影被人推着出来，正是那张熟悉又陌生的脸。

"你……"

"没想到吗？"

庞涓咬牙，连连摇头，冷笑道："我这会儿想明白了。我们魏国从去年起就在打赵国，他们顶不住，向你们齐国求了援，你们兵分两路，一路去救赵国，一路却来围我们魏国，这图的是什么？"

不待孙膑回答，他又恨恨道："图的就是现在！平陵那边看起来是你们齐国的主力，魏国当然用主力迎战，把你们打败了，可你还留了一路兵去打魏国国都大梁，我身为大将，当然要率军回援，跟你们一交手，你们就假装败走，让我放松了警惕，丢下辎重轻骑来追，现在……"

孙膑微微点头，没有说话，军士们围上来，生擒庞涓。

被拖下马时，庞涓桀骜的表情终于挂不住了，他瞥向孙膑空荡荡的膝盖，心里一凉。

……

两年后。

庞涓灰头土脸地走出齐国都城，没错，他是走出去的，膝盖骨并没有被剜掉，他全须全尾的被俘，又在魏惠王与赵成侯于漳河边结盟后，全须全尾地给释放了。

孙膑没来送他，也没派人传口信，他眼中好像压根就没有这个曾经的师弟与仇人，只专注于齐国的事务。

庞涓当了两年阶下囚，回到魏国依然是大将军，但他知道，自己这个将军是从孙膑手里偷来的，孙膑要是狠一些，自己早已不在人世。

庞涓发现自己变了，那个胸中藏着熊熊烈火，渴望出人头地的青年已开始衰老，开始疲惫，一个念头在他心里越来越清晰，但他始终不敢承认。

自己无法打败孙膑，这辈子都无法打败他。

公元前 341 年，诸侯国们依然在争斗，魏国攻打韩国，韩昭侯向齐国求援。齐国等韩国陷入绝境后才出兵，孙膑作为军师再次踏上前线。

孙膑重演了围魏救赵的战术，袭击魏国首都大梁，而庞涓也再次从韩国返回救援。

这一次，深谙心理战的孙膑诱敌深入，齐军第一天设下十万个行军灶，第二天减为五万个，第三天减为三万个，给庞涓造成齐国军士大减员的假象。于是庞涓再次上了当，误判形势的他丢下步兵，只带一部分精锐骑兵日夜兼程地追击。

孙膑一直估算着庞涓的行程，几天后，他算到庞涓会在晚间抵达马陵，这里道路狭窄，两旁多是陡峭的悬崖。

一个伏击的好地方。

孙膑停下来，举目四望，很快选定了目标。

他指着路旁的一棵大树，吩咐道："砍去树皮，在白芯上写'庞涓死于此树下'，一定要醒目，再埋伏一万名弓弩手，路两旁都得有，别留下空隙死角。"

"……然后呢？"

被军师的安排撩拨得心痒痒的将军追问，这些年来，他们早就对孙膑的智谋佩服得五体投地，也知道了军师和庞涓的过往恩怨。

他们有预感，魏国大将的末日要到了。

"然后等天黑，看见这里有火光便万箭齐发！"

夜幕徐徐降临，凌乱的马蹄声中，庞涓带着骑兵追了上来，他一边前进，一边警惕地观察四周，不想漏掉齐军留下的蛛丝马迹。

不亲手砍下孙膑的头，他就不能安稳！

"嗯？等等。"

突然，他看见路旁一棵大树有些奇怪，树皮似乎被人为剥去了，上边还写着字。

"拿火把来，看看写的是……'庞涓死于此树下'？"

嗡——

纷乱的弓弦震动声响彻四周，乱箭如雨，将这支骑兵队伍笼罩，庞涓突然心头雪亮，他明白了，他又一次想明白了！

一切都是师兄的计谋！

他败了，败得彻彻底底，但他绝不能被师兄的箭射死！

"遂成竖子之名！"

这是他留在人世间的最后一句话后，接着庞涓拔出佩剑，狠狠抹过自己的颈项。

夜色浓黑，齐军乘胜追击，一举歼灭十万魏军，并俘虏了魏国主将太子申，此后，魏国元气大伤，再不复霸主地位。

这一切，庞涓都看不到了，他死在孙膑为他安排的树下，而孙膑扶持齐国，稳稳坐在东方的霸主位置上，目送战国时代的岁月流转，功成身退，慢慢走向生命的尽头。

恩恩怨怨早已消散，历史洪流滚滚向前，孙膑早已消失在了茫茫岁月中。在他离去的那一天，不知是否又想起了行刑前夜的明月。

"东吴大将军陆抗"通过扫描"荆州第一儒将羊祜"分享的二维码加入群聊

荆州第一儒将羊祜

陆兄，西陵之战，久仰久仰。

东吴大将军陆抗

勉强保命，羊兄，承让承让。

荆州第一儒将羊祜

陆兄这一手提前毁大坝，真是釜底抽薪，妙啊！

东吴大将军陆抗

羊兄兵分三路出其不意，也不遑多让。

———— 以上是历史消息 ————

暴躁大佬苻登

你俩假惺惺地客气啥呢！姚贼，我苻氏一族待你不薄，你却杀害旧主，拿命来。

戏精老狐狸姚苌

ěi，打不着

暴躁大佬符登

> 来啊，有本事决一死战，别躲在屏幕后面。

戏精老狐狸姚苌

> 就不就不。不仅如此，我还要去拜符坚的神像，气死你。

"暴躁大佬符登"邀请"塑料兄弟张耳""塑料兄弟陈余"加入群聊

"塑料"兄弟张耳

> 哎呀，别吵架，别吵架，像我和陈余一样和和气气的多好。

"塑料"兄弟陈余

> 哼，刎颈之交也是"塑料"情谊，大家千万不要相信他的鬼话。

"塑料"兄弟张耳

> 当初是你不来救我，还杀了我派去求援的兄弟。

"塑料"兄弟陈余

> 多亏@项羽大大战神下凡，你让我去送死？

千古第一霸王项羽

> 嘿嘿，多谢老哥夸奖。

"塑料"兄弟张耳

> 那你还要杀我，幸好 @刘邦大大聪明机智用替身骗过了你。

聪明机智刘老三

> 嘿嘿，多谢老兄夸奖。

星期一 21:44

千古第一霸王项羽

> 看不出来老刘你这么聪明，当初鸿门宴就不该放过你。

聪明机智刘老三

> 嗨，关键是运气好。

"庞涓用兵最厉害"通过搜索加入群聊

08:27

兵法超神孙膑

> @陈余说得对，别说刎颈之交，同门之谊也不可靠。

庞涓用兵最厉害

哼，我绝对不会承认你用兵比我厉害。

庞涓用兵最厉害

好朋友，一起走

文／拂罗

顾贞观 & 吴兆骞 人生得一知己，夫复何求

顾贞观从小就是标准的"别人家孩子"，同样是读书，其他孩子结结巴巴地背完第三行，顾贞观已经能把书倒着背一遍了。

如果天才是百分之一的天赋加百分之九十九的汗水，那么对于顾贞观来讲，起码得有百分之五十的天赋加成。

首先，从曾祖那一辈，他家就是标准的书香门第——他曾祖叫顾宪成，因为创建东林学派被尊称为"东林先生"，他祖父和老爹也是著名的才子，他娘王夫人更是才女。

其次，顾贞观家在无锡，众所周知，江苏是个出才子的好地方。年幼的顾贞观听爹娘说，在他出生时，这个天下的年号还叫崇祯，属于苟延残喘中的大明王朝。

1644年顾贞观七岁，懵懵懂懂地从大人口中听到"造孽啊，李自成入京了"，不久之后又说"顺治帝坐了龙庭"……从此年号改成了顺治，再没人自称大明的子民，大人们口中有了个陌生的字眼，叫"清"。

他刚想张口问问爹这是怎么回事，墙

外就有顽皮的小孩儿招呼他："走啊华文，打弹弓去！"

顾贞观捧着书认真地想了想，觉得还是弹弓比较好玩儿。

"来啦，等一下！"顾贞观正想扔下书往外跑，忽然被娘一把按住肩头，坐了回去。他愣愣地抬起头，正与娘深切的目光对视上。

娘语重心长道："华文哪，你是要读书做学问的，可千万不能因贪玩误了前程啊，交朋友要慎重，莫交那些轻狂少年郎……"

"娘……"

是啊，娘的话有道理，自己以后是要读书做官的，不能给顾家丢脸。顾贞观是个乖孩子，他重重地点了点头"我要好好读书！"

小贞观继续埋头啃书本，潜心做文章，终于在少年时以才华闻名乡里。当时才子名士喜好组建文社，少年顾贞观想起娘的话，毅然加入了以吴兆骞大大为主心骨组成的"慎交社"。

慎交慎交，久闻吴大大才名，此地必定都是像吴兆骞那般的风雅人士吧？

作为年纪最小的萌新，顾贞观大步走进了慎交社，随后被某人醉酒掷来的帽子砸了脸。

顾贞观："……"

他扯下帽子怔怔望去，见此人不过弱冠，正与社友开怀唱和，不拘章法，纵酒狂歌。

顾贞观问旁人："此人如此张狂，吴兆骞大大他们也不管一管？"

"哦，他就是吴兆骞。"

——————【距离吴兆骞被流放还有九年】——————

传闻这位大大九岁便作《胆赋》，十岁又作《京都赋》，刷爆了清朝文人圈，是天才中的天才，大大中的大大。

只是……这位大大的形象似乎和想象里的，不大相同。

顾贞观走上前去，恭恭敬敬道："晚辈字远平，号梁汾，无锡人……"

"你文章写得如何啊？"对方抬起醉眼。

"晚辈还算有些才华……"顾贞观答。

"来来来，写一篇。"吴兆骞笑着递笔。

顾贞观稳下心来，写了篇文章呈上，周围接连响起文人们的惊叹声。吴兆骞放下酒杯接过文章，忽地换了副认真模样，全神贯注于字句之间。

半晌。

"好，好——"吴兆骞拍掌大笑，一把揽过少年顾贞观的肩膀，"从此以后，你就是我吴兆骞的好朋友了！"

顾贞观惊呆了，原来文人也可以这么豪放。

他看着吴兆骞真挚的目光，站在一片喝彩声中，心底有什么被长久埋没的东西正缓缓萌芽。那是属于少年的轻狂，是结交四方的豪迈，正被吴兆骞的笑声激得阵阵澎湃，呼之欲出。

顾贞观鼻子一酸，然后开怀大笑。

那年顾贞观还不认识一个叫纳兰容若的小孩儿，却认识了比他大六岁的青年吴兆骞。

在青年吴兆骞的眼中，这个少年飞筋赋诗，才气横溢。

从此往来唱和，彻夜长谈，结为一生的挚友。

吴兆骞，字汉槎，号季子，出身官宦世家，祖辈有个抗清将领叫吴易，他老爹经常看着儿子叹气："你小子这性子，肯定是隔辈遗传你那叔祖了！"

和乖小孩顾贞观不一样，他是从小狂到大，斜着眼睛瞧不起人，座右铭是"我就喜欢你看不惯我，又干不掉我的模样"。早在他念私塾的时候，就做过一件"妈见打"的大事儿——但凡同窗有脱帽子的，吴兆骞必定偷拿人家的帽子，在上面撒尿。

当时私塾里隔三岔五有小孩儿哭："夫子，吴兆骞又拿我帽子撒尿啦！"

他们的夫子叫计青辚，惊得目瞪口呆："你这么做，是出于什么动机？"

吴兆骞哼了声："帽子与其戴在这些俗人脑袋上，还不如让我拿来撒尿呢。"

这孩子以自己为圆心，三百六十度对所有人"开了嘲讽"。

不过狂人有狂人的资本，写文章对吴兆骞来讲，就和吃饭喝水一样轻松愉快，天才和疯子只有一线之隔，计青辚一度怀疑这小子是疯子中的天才。

听他说完那句狂话，计青辚一声长叹。

"你小子以后必有盛名，只是难免招来灾祸啊！"

多年以后，一语成谶。

不知为何，多年后的某天，听完吴兆骞的光荣事迹，顾贞观的眼神怪怪的，抬手抚了抚自己的帽子。

吴兆骞连忙道："你放心，我现在不会往人家帽子上撒尿了！"

听完这句话，四周众人瞅着他的眼神都怪怪的。

【距离吴兆骞被流放还有五年】

顺治年间，文士顾贞观与吴兆骞闻名江南，尤其是吴兆骞，每每与人唱和必引得四方倾动，素有"江左三凤凰"的美名。

吴兆骞的朋友很多，若说最志同道合的朋友，便是当初那个走入慎交社的少年，顾贞观。这不只是因为他文章写得好，更重要的是，吴兆骞从这少年乖巧的外表下看出了一颗放浪不羁的心。

与吴兆骞结伴唱和的这些年，也是顾贞观人生中最快意的日子。江南诸多美景，往往让人思如泉涌，一群才华横溢的青年文人时常结伴出游，畅谈着日后做官的高远理想，再乘兴而归。

近朱者赤，近墨者黑，顾贞观跟人家浪了几年之后才想起娘的话。

交朋友要慎重，莫交那些轻狂少年郎……

吴兆骞是轻狂少年郎吗？

顾贞观认真地想了想，不是，吴兆骞是轻狂成年郎。

娘，你看，儿子没违背你的叮嘱。

——————【距离吴兆骞被流放还有三年】——————

慎交社在无锡一带已愈发繁盛，经常在各地开展文人盛会，当时便有久负盛名的文人汪琬等人参加。众所周知，吴兆骞对谁不大感冒，就会"毒舌"谁，顺便踩别人夸一夸自己。

在一次盛会中吴兆骞对汪琬举杯笑道："哎呀……江东无我，卿当独秀啊。"

汪琬头上冒出三个问号，看起来不是很开心的样子。

顾贞观："……"

"吴兄，我知道你生性狂放，可这般四处得罪人……难免会招来灾祸啊，更何况日后若步入官场，更要步步为营。"

岁月变迁，如今语重心长对吴兆骞说这些话的人，从计青璘换作了顾贞观。

吴兆骞向来只饮酒大笑，将那些妒恨的目光抛在脑后。

"凭我这一身才气，何愁没有锦绣前程？"

有的人就像正午的天光，太过耀目，耀目到有人忍不住想要伸手触及，也耀目到刺痛了某些人的自尊心。

────────【距离吴兆骞被流放还有一年】────────

顺治十四年八月，顾贞观挥别吴兆骞，目送他远去参加江南乡试。

他很快收到了吴兆骞的信：**我中举了，官场等你哟。**

春风得意的前途正在友人面前缓缓展开，顾贞观兴奋不已，好似是自己中举一般，将这个消息四处对朋友讲起，却忽略了昔日那些妒恨的目光。当时江南学子之间传言四起，令顾贞观隐隐不安起来。

"听说今年主考官姓方，今年有个举人也姓方呢，哎呀……这真是不可说，不可说。"

"嗨，谁让人家有个好亲戚，考上了，咱们没有呢。"

顾贞观先后写了几封信给吴兆骞，却再未收到对方的来信，听说那些落榜试子的埋怨声竟传到了帝王那里，顺治帝极其重视，决心查办这一批举人。

吴兆骞昔日便得罪人甚多，这次更是有不少空口诬陷者。

────────【距离吴兆骞被流放还有六个月】────────

顺治十四年十一月，被称为南闱科场案的舞弊案传遍了整个江南，主考官方道与举人方章铖互相勾结，人赃俱获。皇帝下令将十几位主考官正法，又下令重新设考场，将这些举人押入京城，再考一次。

若前后成绩差异太大，必定是舞弊者无疑。

其中就包括无辜的吴兆骞。

与昔日的考场不同，这一次有众多侍卫提刀在旁，寒光闪烁如同问审囚犯一般，这些举人哪里见过这等架势，皆哆哆嗦嗦上阵，完成了考试。

听闻飞来横祸，远方的顾贞观每日心惊胆战地等着消息。

顺治十五年四月，他终于再次听说了友人的消息。

"吴举人……吴举人在考场上交了白卷！"

——————————【吴兆骞被流放当日】——————————

天地崩塌。

复试之时，顾贞观并未在现场，只听有人说吴兆骞是畏惧刀斧寒光，竟未能写完文章，也有人说吴兆骞性子一向桀骜，哪里忍受得了这种冤屈。行不更名坐不改姓，我老吴没作弊就是没作弊，竟在考场嚷嚷"焉有吴兆骞而以一举人行贿者乎"。

皇上大怒，亲自宣判将罪人吴兆骞等八人，责四十板，没收家产，与家眷一同流放宁古塔。虽经再三审查，吴兆骞并无舞弊现象，顺治帝却并不打算昭雪。

远在京城的吴兆骞披枷戴锁地缓缓步出大牢，江南四月是满眼的依依杨柳，他的心中却已迎来了一场凛冬风雪，犹如即将远行而至的边塞。

对于江南水乡的才子来讲，宁古塔是个什么样的地方？吴兆骞自然不会知道，三百年后的宁古塔被后世人称为"黑龙江"，三百年前的宁古塔是边陲一带，意味着四季皆凛冬，意味着荒芜，意味着真正的九死一生。

许多人来为他送行，有人哭泣，有人惋惜，所有人都知道他此去未必能再归来，正如吴伟业的《悲歌赠吴季子》："山非山兮水非水，生非生兮死非死。"

"吴兄，我一定会救你回来。"

众多声音之中却响起这坚定的一声。吴兆骞抬起头，是刚至弱冠的顾贞观，脸上还带着些倔强的少年气。"就算难如乌头马角，我也一定会救你回来！"

吴兆骞鼻子一酸，有泪欲落。

他终是不言语，只点点头，仰天大笑着向远方走去，笑出热泪。

那一年，吴兆骞二十七岁，还不知道这场流放对于他的人生意味着什么，也不知道北方的风雪有多凛冽。

————————【距离吴兆骞被营救还有二十三年】————————

顾贞观又哪能想到，这场漫长的营救整整花了二十三年。

————————【距离吴兆骞被营救还有二十年】————————

> 宁古寒苦天下所无，自春初到四月中旬，大风如雷鸣电激咫尺皆迷，五月至七月阴雨接连，八月中旬即下大雪，九月初河水尽冻雪才到地即成坚冰，一望千里皆茫茫白雪
>
> ——吴兆骞《上父母书》

不知梁汾在江南可安好？

几年后，顾贞观也从江南来到京城，开始了自己的仕途生涯。他走上了一条更中规中矩的路，因才华被赏识入仕，中举后又几经改任，官至擢秘书院典籍。但也许是受当年友人的影响，也许是文人自有些傲岸风骨，顾贞观始终仕途不顺，受尽排挤。

当时的年号已从顺治改为康熙，康熙元年至十年，在官场飘零十年的顾贞观，早已不再是当初那个懵懂少年，他愈发意识到营救友人的希望有多渺茫。自身尚逃不出尔虞我诈，哪里有实力救出故人？

这十年间，顾贞观为了当年的科举案东奔西走，求尽了各路官员，奈何无一人回应。最后顾贞观不堪钩心斗角，卸任回乡，自嘲"第一飘零词客"。

在家赋闲了五年后，三十九岁的顾贞观终于迎来了人生中的转折点，经人推荐，他以私塾老师的身份迈进权臣纳兰明珠的府邸，结识了一个叫纳兰容若的青年——纳兰明珠的儿子。

命运中第二次交集终于在此刻开启。

这个多愁善感的权贵公子拿着诗集缓缓抬起头，这一刻，顾贞观从青年眼中看到了极其熟悉的火焰。

他们是同类人，追求诗词若渴的人。

康熙十五年，顾贞观终于认识了与他相差十八岁的第二位知己——纳兰容若。

————————【距离吴兆骞被营救还有五年】————————

后世提起纳兰容若的知己，似乎总少不了顾贞观这个名字。这两人几乎是一拍即合，对于纳兰容若来讲，顾贞观的到来如同一面镜子，映出了自己内心的另一面，让他可以尽情地将肺腑倾诉。

此时的顾贞观已是个落魄旧官，生不逢时，漂泊不定。纳兰容若却是正统的八旗子弟、权贵公子，无限美好似乎都落在了这个青年身上。顾贞观心中难免感慨不已。纳兰容若便写下一首《金缕曲·赠梁汾》。

德也狂生耳。偶然间，缁尘京国，乌衣门第。有酒惟浇赵州土，谁会成生此意。不信道、遂成知己。青眼高歌俱未老，向尊前、拭尽英雄泪。君不见，月如水。

共君此夜须沉醉。且由他，蛾眉谣诼，古今同忌。身世悠悠何足问，冷笑置之而已。寻思起、从头翻悔。一日心期千劫在，后身缘、恐结他生里。然诺重，君须记。

开篇便是一句"我不过是个区区狂生，偶然托生于高门，这才步入官场"，纳兰此句可谓安慰到了顾贞观心里。再见得对方如此豁达，顾贞观不禁热泪盈眶，挥笔回词，从此两人以《金缕曲》唱和往来，成为忘年之交。[1]

当时纳兰容若几日不见这位友人，便感到心中有话难以倾吐，好不容易将顾贞观盼来，他便携手与对方上楼，聊个通宵。

纳兰容若舍不得知己，舍不得到了什么程度？每每邀人家上楼以后，他便命人把梯子给撤了。[2]

"梁汾兄，你是我这一生最值得交往的知己。"

顾贞观听着纳兰容若句句真挚的话语，一时恍惚，在少年时，亦有另一个人与他举杯畅饮："梁汾，世人如何看我，我都不在意，我还有你这个朋友呢！"

纳兰容若与吴兆骞是截然相反的两个性子，然而他们眼里却燃着相同的火焰。

---

[1]《弹指词》：岁丙辰，容若年二十有二，乃一见即恨识余之晚，阅数日，填此曲为余题照。

[2]《清稗类钞》：容若风雅好友，座客常满，与无锡顾梁汾舍人贞观尤契，旬日不见则不欢。梁汾诣容若，恒登楼去梯，不令去，不谈则日夕。

倘若求纳兰家相救，他会答应吗？

酒过三巡，顾贞观终于苦涩开口："纳兰兄，我此生只求你一件事，请你救一个人。"

纳兰容若微愣："谁？"

"他叫吴兆骞。"

纳兰容若沉默了一会儿。

"吴兆骞……是谁？"

岁月流转，罕有人记得当年那狂客的名字。

此案绝非纳兰明珠一句话就能解决的，纳兰容若更不认识吴兆骞，自然没有同意。

同年冬，顾贞观收到了远方吴兆骞的信。

塞外苦寒，四时冰雪，鸣镝呼风，哀笳带血，一身飘寄，双鬓渐星。妇复多病，一男两女，菜蕪不充，回念老母，茕然在堂，迢递关河，归省无日……

顾贞观的双手颤抖了，记忆里那个大笑离场的形象，开始片片剥落。

顾贞观想象不出，当初那个轻狂的吴兆骞，已经被风雪摧残成了什么模样，才能写出这般字字泣血的句子。再遥想到自己这些年也是飘零不定，悲从心头来，不禁茫然大哭，提笔回信。

这两首《金缕曲》，是顾贞观一生最好的作品。

季子平安否？便归来，平生万事，那堪回首！行路悠悠谁慰藉，母老家贫子幼。记不起，从前杯酒。魑魅搏人应见惯，总输他，覆雨翻云手，冰与雪，周旋久。

泪痕莫滴牛衣透，数天涯，依然骨肉，几家能够？比似红颜多命薄，更不如今还有。只绝塞，苦寒难受。廿载包胥承一诺，

盼乌头马角终相救。置此札，君怀袖

——《金缕曲》其一

我亦飘零久！十年来，深恩负尽，死生师友。宿昔齐名非忝窃，只看杜陵消瘦，曾不减，夜郎僝僽，薄命长辞知己别，问人生到此凄凉否？千万恨，为君剖。

兄生辛未吾丁丑，共此时，冰霜摧折，早衰蒲柳。诗赋从今须少作，留取心魂相守。但愿得，河清人寿！归日急翻行戍稿，把空名料理传身后。言不尽，观顿首。

——《金缕曲》其二

盼乌头马角终相救，当年一诺，顾贞观始终不敢忘。

顾贞观未想到的是，这两首词竟感动得纳兰容若潸然泪下，立刻邀来顾贞观，许下十年期限："十年，顾兄，我以十年为期，将你朋友救回！"

顾贞观内心澎湃，又想起友人在边陲遭受的苦难，摇摇头："人生能有几个十年？我想以五年为期。"

"好！"

一场漫长的营救行动在京城展开了，纳兰容若当然没能耐救人，但他父亲纳兰明珠有。

————————【距离吴兆骞被营救还有三年】————————

远在边陲的吴兆骞还不知道，京城有一群人正为了他而努力。

前些日皇上派了使臣来宁古塔一带，使臣向自己讨要诗赋，自己便写了篇《长白山赋》呈上，不知皇上是否能赦免自己回家呢？

有清一代，三百祚年；康乾盛世，史家颂称；天下灵山，不负盛名。

吴兆骞的才气依旧在。

当炽热的烈阳燃尽，便只剩下满腔死灰。

他只是站在凛冽的风雪中，日日遥望着京城的方向，脸上每一道皱纹都像刀刻的。

不知皇上是否满意……是否能让自己回家呢？

吴兆骞后来才知道，这篇文章的确深得康熙帝喜爱，却因当时有人阻碍，再次断了他回乡的路。

所幸故友尚未放弃。

---------------------【吴兆骞归乡】---------------------

康熙二十年，在纳兰家的鼎力相助下，吴兆骞终于结束了二十三年的流放生涯，蹒跚回京。又在纳兰容若的帮助下，入纳兰府教书。

两个故友终于重逢。

他们都老了，顾贞观的余生里，再也没看过那个人骄纵轻狂的目光了。

也罢，顾贞观想着。回来就好……回来就好啊。

---------------------【吴兆骞归乡后】---------------------

二十三年的折磨消磨了他当年的豁达，后来在纳兰府中，吴兆骞因琐事与顾贞观不和，顾贞观默然不辩解，纳兰容若却邀吴兆骞入自己的书房："你看，这是什么？"

吴兆骞定定地抬起头，俨然见墙上写"顾梁汾为吴汉槎屈膝处"。

这一刻光阴倒转，回到他们年轻的岁月。他忍着泪大笑离场，那弱冠青年坚定地追在后面："我一定会救你回来，一定！"

迟暮的吴兆骞号啕大哭。

康熙二十二年，年迈的吴兆骞回乡，建"归来草堂"。多年的严寒生涯却让他不适应江南风土，大病在身，只能回京养病，于次年病逝京城，纳兰府出钱将其灵柩送回故乡。

吴兆骞逝世一年后，纳兰容若竟也病故离世。

转眼又只剩下顾贞观一人。

从此京城少了一个飘零客，家乡无锡的山脚下多了个避世的隐者，黯然神伤，潜心读书。

顾贞观于七十七岁那年逝世，葬于无锡故里。

────────────【尘埃落定】────────────

我是顾贞观。

于我来讲，此生不过历世一遭，看尽人生百态，又孑然归乡，埋骨青山。

京华烟云，历历在目，记得幼时娘教导我说，切莫与轻狂少年往来，误了此生，可我终究没有听娘的话，终究结交了一个轻狂客，也终究因他奔波了半生。

可是娘，我不后悔。

人生能得一知己，已是奢求，我结交了两个，夫复何求？

都说人在弥留之际会想起孩童时代，果然不假，当一切倒转，当我步出纳兰府，又见吴兄的容颜从苍老至年轻，我又想起了无锡的青山绿水，想起那年大人们闲谈时的话语。

"造孽啊，李自成入京喽⋯⋯"

我又听到熟悉的呼唤。

"走啊华文，打弹弓去！"

我也就终于将一切统统放下了。

"来啦，等一下——"

白 居 易　元 稹

为你写诗，为你静止

　　我懵懵懂懂地入元府，初见年幼的公子时，他正捧起一只不慎从树上跌落的黄莺，轻声说："小心。"

　　那一刻我决定留在公子身旁，陪伴他的一生，哪怕默默无闻。

　　公子的人生可以分为三部分：少年，仕途，落幕。这三个阶段，都和某个名字牢牢系在了一起，我是他们两人的见证者，谨以此篇来回顾元公子与其往来唱和的一生。

　　公子少年时很不如意。

　　公子姓元名稹，字微之，因祖上的血统，算是半个鲜卑人。我初见他时元家正繁盛，是当地的官宦世家，爹娘对聪慧的公子疼爱有加，元府日日都是欢声笑语。

　　美满日子没过多久，在公子八岁那年，老爷因病去世，老爷与前夫人所生的两个哥哥不愿供养多出来的两张嘴，将公子与母亲赶出家门。

　　"走吧，家里没闲钱供你们！"

　　毫不客气的驱赶声中，公子牵着母亲的手走出家门，踏上了回娘家的漫漫长路。所幸夫人柔弱却坚定，继续教公子识文断字，公子因此得以有科举之才。

家中贫困，唯有咬牙前行才是正道，我曾见他挑灯夜读，也曾见他冒着凛冬风雪求学，要洗刷当年孤儿寡母被赶出家门的耻辱。

公子十五岁那年，我随他一同远赴京城参加会试，当时分为明经与进士两科，前者比后者轻松许多，地位自然在后者之下，素有"三十老明经，五十少进士"之说。公子遥想家中实在贫困，急需出路，便报了较稳妥的明经。

不久后公子少年及第，我比他还要高兴。

可是及第后不能立刻当官，还要参加吏部的释褐试才能走上仕途。我随公子在京城居住了九年，看着他从少年长到青年，领略了这京城的风土人情，同时也饱读诗书。

后来，公子终于参加了吏部试，此试关系到未来仕途，公子焦急地穿过人海，俨然看见自己的名字在大榜上，登书判拔萃科，授校书郎官职。周围还有几个年轻人抬头看榜，公子未留意，只是长舒了一口气。

校书郎，虽不能涉及真正的官场，却终于不用愁于钱财了。

我在人群中遥遥看到另一个青年，比公子年长几岁，大抵早年努力读书，黑发里竟已有了几缕白发。

他的目光落在自己的名字上：白居易，登书判拔萃科，授校书郎。

京城之内，已有此人的才名。

公子呀公子，还是如此木讷，都不知道和未来的同事打好关系。

我叹息一声。

秘书省校书郎是个微妙的职位，不起眼，却是年轻官员们积累经验的跳板，公子怀着激动的心情，穿上官袍赴任之时，看见当日那位叫白居易的青年走来。

公子生于没落之家，孤儿寡母生存，心存太多迟疑，正思量要如何开口，大他七岁的白居易笑着先开了口："白居易，字乐天。"

正是那个伴随公子一生的名字。

有时候我会想，这两人为何会一见如故？后来再回顾他们的经历，也就释然了。

他们在文学主张上太过相同，都是注重通俗易懂、力求革新的文人，当时甚至一度有"元白诗派"盛行，后来白大人还与公子一同倡导过"文章合为时而著，歌诗合为事而作"的新乐府运动。

更重要的是，他们的抱负简直一拍即合，每句话都说到对方心坎里，两个棱角未被磨平的青年，不断给了彼此并肩而行的勇气。无数次彻夜长谈中，公子的声音铿锵有力："你我应不畏官场险恶，尽情地一展才华！"

"好！"白大人往往拊掌叫好，"元兄，你是'无波古井水，有节秋竹竿'啊！"

志趣相投，才情相投，经历相似，彼时他们只是两个年轻的文员，朝堂的尔虞我诈与他们并无关系，加之工作清闲，他们在京城度过了最快乐的一两年：看遍美景，吟诗作赋，公子又在春风得意时娶了亲，好不惬意。

后来皇上主持"才识兼茂明于体用科"，与先前不同，这次难度大大增加，是选拔明辨是非、万里挑一的政治人才。两人一商量，觉得眼下官职低微，不能实现抱负，便辞掉小文员的工作，再次投身书海准备考试。

我见这两人结伴苦读，为了应对皇上有可能出的题目，又往

【白居易 & 元稹】

往互相答辩到天亮，恰是指点江山，风华正茂。后来二人不仅双双考中，答辩的内容还著成了一本《策林》，广为流传。

我不是参与科举的料，亦不能深夜为他们端碗热茶，只是默默观望，为公子感到欣慰，他终于不再是孤单一人苦读圣贤书了。

放榜之日，公子榜首，白大人第二，公子任左拾遗。

二人打马结伴同游，放榜那天的暖风，仿佛都是为他们而吹的。

我却笑不出来。

公子还不知道，他即将走进人生中的第二阶段：他屡屡碰壁的仕途生涯。

竹竿易折，公子的性子过于刚直不阿，屡屡上奏得罪同事，四月上任，九月就被逐出了京城，贬到河南当县尉。白大人则更惨些，还未当上一官半职，就因说话太直"不得为谏官"，早就被赶去了盩厔当县尉。

白大人离开京城时，公子还为他做过一首《酬乐天》，有"只得两相望，不得长相随""愿为云与雨，会合天之垂"之语，让我一度怀疑公子拿了悲情女主的剧本——但后来我很快发现，公子和乐天往来的诗都是如此画风，看得久了，竟也麻木了。

例如他们在诗中自称"好去鸳鸾侣，冲天便不还"[1]等等，太多了。

放眼公子的仕途，罕有升官的时候，都是一贬再贬，与乐天公子也是聚少散多。然而这两人能成为朋友，大抵真是上天注定。

题壁寻诗，千里神交……且听我道来。

公子做县尉时，远在家中的母亲忽然病逝，他在悲痛之下守

---

[1]《待漏入阁书事，奉赠元九学士阁老》。

孝三年才复出官场，恰好这三年间乐天居士回到长安当左拾遗，二人阴差阳错地错过了，不免十分遗憾。

不过二人很快就找到了弥补的方法。

乐天居士素有四处留诗的习惯，后来公子复出官场，赴任监察御史的途中，就曾在驿站看见过白大人留下的诗，顿时亲切不已，也挥笔提诗：邮亭壁上数行字，崔李题名王白诗　尽日无人共言语，不离墙下至行时　①

后来白大人回诗：独诗在壁无人爱，鸟污苔侵文字残　唯有多情元侍御，绣衣不惜拂尘看　②

在余生被放逐的日子里，他们都乐此不疲地寻找对方留下的蛛丝马迹。

再后来的千里神交，才是真正的"有些人注定要做朋友，真是老天都拦不住"。公子路过汉中时，有一天忽然梦见了远在长安城的乐天居士，还梦见乐天居士与人同游慈恩寺的场景。

公子作诗一首：梦君同绕曲江头，也向慈恩院院游　亭吏呼人排去马，所惊身在古梁州　③

最不可思议的事发生了，乐天居士当时居然真的就在慈恩寺游玩，同时也想起了远方的好友元公子，遥想元公子此时此刻，是否已到了梁州呢？

乐天作诗一首：花时同醉破春愁，醉折花枝作酒筹　忽忆故人天际去，计程今日到梁州　④

一个夜深忽然梦见对方，一个游玩时遥想着对方。

这是怎样一种天赐的良缘？从那天起我意识到，公子的姻缘

［白居易 × 元稹］

---

① 《使东川·骆口驿二首》。

② 《酬和元九东川路诗十二首·骆口驿旧题诗》。

③ 《使东川·梁州梦》。

④ 《同李十一醉忆元九》。

线容易断，友谊线却怎么扯都不断——在公子到洛阳之后，相伴他六年的结发妻病逝。

其实公子这些年也算遍历风月，有人说他生性风流，有人说他见一个爱一个，本与一个佳人定过终身，后来却又为自己的仕途，娶了名门出身的千金——韦丛。

对于薄情之人，上天似乎并不给他太长久的缘分，只是……在韦丛病逝后，公子又结交了几个女子，那些都是后话了。

公子在悲痛中写下三首《遣悲怀》来怀念夫人，其中两句尤为出名"诚知此恨人人有，贫贱夫妻百事哀"。却罕有人知道，看过公子的诗以后，白公子立刻寄来了回诗《答谢家最小偏怜女》，用夫人的口吻来劝公子振作。

公子颓废了一段时日，便很快振作起来了，继续雷厉风行地投身于监察工作，为不少冤案平了反，因此他深得百姓拥护。他太正直，我总是担心他前路坎坷。

不久之后，他就因为越权弹劾同朝官员得罪了人，被召回京城。

宦官仇士良、刘士元等人素来与公子不合，公子半路宿在驿馆上厅，忽然听得外面有宦官大吵大嚷："里面的人识相点，把房间让出来！"

当时宦官势力一手遮天，公子不予理会，却被宦官们一脚踹开了房门，仇士良指着公子大声辱骂，刘士元竟直接举起马鞭动手。公子这双手只捧过圣贤书，哪里与流氓对抗过？最终遍体鳞伤，被赶出了上厅。

公子半晌不曾言语，不曾挪步，我看见他的双肩微微颤抖，想必是想起了年幼时孤儿寡母被逐出家门的那一幕。

我无能为力。

白大人听说此事，怒不可遏，不顾宦官势力强大，上奏皇上请求惩治宦官。只可惜无果，皇上竟以"元稹轻树威，失宪臣体"的理由，反而将公子贬到江陵当参军，几年后，公子又迁往偏远的通州当司马，开始了漫长的落魄生涯。

公子远去江陵，白大人曾多次一个人月下徘徊，为公子写下惆怅的诗"三五夜中新月色，二千里外故人心"①。

我曾多次感慨这两人的经历太过相似，公子去江陵的同年，白大人也改授京兆尹户曹参军。转眼又过了数年，公子正拖着病体在通州当司马，多日未起床，日渐消瘦。我正心焦之时，公子却听闻远方挚友的消息，竟惊坐起来。

原来这一年，白大人也因官场斗争，被发配去了江州当司马。

公子悲痛之下作诗：*残灯无焰影幢幢，此夕闻君谪九江。垂死病中惊坐起，暗风吹雨入寒窗*②。

你怎么也落得跟我一样落魄呢？

远在放逐半路的白大人很快回了诗：*把君诗卷灯前读，诗尽灯残天未明。眼痛灭灯犹暗坐，逆风吹浪打船声*③。

微之，你的诗我一遍遍地翻阅，翻阅得眼睛都痛起来了。你的这些字句外人看了都要落泪，何况我呢！④

这些年，无论是喜悦，还是悲痛，这两人互相作诗已然成了习惯，就连日常的嘘寒问暖都是以唱和来应答的。白大人给公子寄来衣物，听闻通州天气燥热，又写诗道"莫嫌轻薄但知著，犹恐通州热杀君"⑤。

---

① 《八月十五日夜禁中独直，对月忆元九》。
② 《闻乐天授江州司马》。
③ 《舟中读元九诗》。
④ 《与元微之书》：此句他人尚不可闻，况仆心哉！至今每吟，犹恻恻耳。
⑤ 《寄生衣与微之，因题封上》。

微之，通州炎热，当心中暑啊。

公子也寄了些衣物给白大人。白大人调侃回诗"欲著却休知不称，折腰无复旧形容"[1]，微之，我早就不是当初的少年郎啦。

分明是调侃，公子却很认真地回信"春草绿茸云色白，想君骑马好仪容"[2]。

在我眼里，你还是那个骑马客京华的俊朗公子啊。

这两人往来唱和的信件实在太多，足足九百余首，穷尽我的笔墨也无法道尽。当时但凡有信进门，公子便急忙接过，看着看着又忽然落泪，惊得夫人小姐都诧异不已，后来她们也就跟我一样习以为常了。

我们都懂的。

"只怕又是他的白兄寄来的信吧？"

度过在通州的漫漫岁月之后，公子也曾回过京城，也曾被皇帝赏识才华，春风得意地升迁过。最得意时曾着三品官袍，在朝廷为相；最落魄时也曾因卷入朝廷纷争，再次作别白大人，放逐出京。

多次作别让公子深深地无奈，有次离别宴上，白大人让歌女翻唱公子的诗，公子醉笑着调侃："白兄，你可休要让歌女唱我的诗了，我的诗大都是与你作别的。"

休遣玲珑唱我诗，我诗多是别君词
明朝又向江头别，月落潮平是去时 [3]

明朝，再明朝，又要往何处作别呢？

白大人却只是忍着泪，劝公子饮酒。

---

① 《元九以绿丝布白轻褣见寄制成衣服以诗报知》。
② 《酬乐天得微所寄缬丝布白轻庸制成衣服以诗报之》。
③ 《重赠》。

我住浙江西，君去浙江东。勿言一水隔，便与千里同。
富贵无人劝君酒，今宵为我尽杯中。 ①

酒过三巡，公子已经微醺，白大人却依旧一杯杯地劝酒，公子不禁起了戏谑的心思，笑着作了一首《酬乐天劝醉》。

美人醉灯下，左右流横波。王孙醉床上，颠倒眠绮罗。君今劝我醉，劝醉意如何。

在场歌女们的眼神立刻怪怪的。

这也难怪有个叫杨万里的后世人纳闷地写道：读遍元诗与白诗，一生少傅重微之。再三不晓梁何意，半是交情半是私。

平常心，平常心。我很淡定，毕竟他俩从年轻相识到满头华发，经常这么互相戏谑，甚至互相梦见对方。先前白大人又一次梦见公子，就写了首诗，语气特别小女儿姿态："不知忆我因何事，昨夜三更梦见君"。②

你看，分明是白大人夜深梦见了我家公子，居然还别扭地反过来说"你找我有什么事呢？害得我半夜梦见你"。

我觉得，这世上所有不会说情话的公子都该学一学。

元公子笑着回了首《酬乐天频梦微之》，"我今因病魂颠倒，唯梦闲人不梦君。"

我大抵是病得糊涂了，怎么只梦见闲人，不梦见你呢？

太多太多类似的诗，我以为他们会这般互相唱和到很久，却没料到世事匆匆，公子于公元 819 年回京，沉沉浮浮数年，一心要做大事，却苦于过于心急，接连被人弹劾排挤，10 年后便再次被放逐。

公子已不是昔日那少年郎，身体不堪操劳，他最后一次与白

---

① 《席上答微之》。
② 《梦微之·十二年八月二十日夜》。

大人见面时写的《过东都别乐天》，遥想是人类对生命消亡的感知，他的人生也就迎来了落幕阶段。

> 君应怪我留连久，我欲与君辞别难。
>
> 白头徒侣渐稀少，明日恐君无此欢。
>
> 自识君来三度别，这回白尽老髭须。
>
> 恋君不去君须会，知得后回相见无。

可惜当时我与白公子竟都未察觉，后知后觉才后悔莫及。

公元831年7月，公子溘然长逝。

每一朵热烈开过的花都会落下。

白大人悲痛欲绝，在《祭微之文》中表达了想要追随之意，"金石胶漆，未足为喻，死生契阔者三十载""公虽不归，我应继往"，以他二人的交情，我十分担心白大人当真追随而去，便在公子逝去以后，留在白大人身旁。

我看见元公子去世后两年，白大人无意间路过坊内，忽闻有歌者细细传唱公子的诗。

他驻足半晌，失魂落魄，怆然落泪。

我看见元公子去世九年以后，白大人为他作诗："君埋泉下泥销骨，我寄人间雪满头。"[1]

白大人余生致力于布施香山寺，只愿来生与公子相见，他日再结伴同游途经此地，再忆不起前世的蹉跎。[2]

洛阳香山寺。

而元公子是洛阳人。

此时此刻我才终于意识到，公子不在了，这片土地只留下了

---

[1]《梦微之》。

[2]《修香山寺记》：乘此功德，安知他劫不与微之结后缘于兹土乎？因此行愿，安知他生不与微之复同游于兹寺乎？

他生活过的蛛丝马迹。

再后来，我看着白大人愈发佝偻的背，步履也愈发蹒跚，他最终也变成了即将落下的花。弥留之际，他竟看见了我。

"微之从前与我讲过，他曾救过一只颇有灵性的黄莺……"

白居易也走了，葬在洛阳。

二人唱和的一生结束了，我想说这是两个好友的故事，然而好友一词似乎并不足以形容他们，用兄弟来形容，他们却又没有血缘关系。

那么，这是两朵花的故事。满树繁花之中，他们同时发芽、同时绽放，他们同时俯瞰了大唐最令人神往的云烟，体会了这个时代最萧条的风。

我何其有幸，目睹了两朵花的开落。

————莺莺 终笔

皎然 & 陆羽　缁素忘年之交一碗茶

至德初年，安史之乱起，湖州高僧皎然寺内有一逃难客，风尘仆仆而来，此人其貌不扬，然而眼中奕奕有光，三句话不离茶道。

此人与皎然彻夜长谈，自述曲折身世，后二人结为好友，留下一段佳话。

如今掌灯长谈的身影早已逝去，唯独古迹中那些物品：一幅画、一面具、一茶杯、一壶水、一串念珠……待有缘人拿起。

每一个物品，都藏着一段故事。

【画】

宣纸上画着大雁。

公元 735 年，正值寒冷的深秋，龙盖寺主持智积禅师路过竟陵，忽然在桥下听闻凄厉的雁鸣，循声寻去，竟然是几只大雁护着一个冻僵的孩童。禅师慈悲为怀，连忙将孩童救回寺内，得知他无名无姓，更不知爹娘是何方人士。智积禅师同情不已，将这孩子养在寺内，又根据《易》占了一卦，得卦象"渐"，卦象曰鸿渐于陆，其羽可用为仪。

"孩子，以后你就叫陆羽了，字鸿渐。"

陆羽，无名的孩童有了自己的名字，从此寺庙里多了个小陆羽。这孩子天生好静，见智积禅师喜欢沏茶，便跟着师父潜心学习，小小年纪便能煮出好茶来。

等到陆羽长到十一二岁，已经十分聪慧，智积禅师喜悦之下想劝他皈依佛门，日后也做个禅师高僧，却遭到了陆羽的强烈反抗。

原来陆羽更希望读书识字，学习儒家之道，他毫不客气地与禅师辩道："我没有兄弟，也没后代，你却让我剃度当和尚，不孝有三无后最大，要是让儒家子弟看见了，我岂不是不孝顺？"

这孩子到底跟谁学的？

"你想当孝子？"智积禅师听得连连摇头叹息，"孩子，你根本不懂我们佛门的学问有多高深啊……"①

陆羽捂住耳朵："我不听，我不听。"

——当时陆羽最喜欢的事就是煮茶给师父喝，最不喜欢的事就是听师父念佛法。

随着矛盾的日渐加深，智积禅师忍无可忍，每日命令陆羽做许多辛苦的活儿：放三十头牛、盖屋顶、扫厕所……对一个少年来讲，这些长工般的活计当然无法忍受。

等他累了，不堪忍受，自然就能回头了吧。

智积禅师低估了陆羽对外界书本的渴求，他千辛万苦得到一本张衡的《南都赋》，爱不释手，无奈最大的问题就是……不识

---

① 《陆羽自传》：予答曰："终鲜兄弟，无复后嗣，染衣削发，号为释氏，使儒者闻之，得称为孝乎？羽将校孔氏之文可乎？"公曰："善哉！子为孝，殊不知西方之道，其名大矣。"

字。陆羽只好用最笨的法子，趁着放牧时偷偷模仿私塾的小学生，摊开书，动动嘴皮子过瘾。

后来这事被智积禅师知道，生怕陆羽接触太多外界杂念，从此就连放牧都不允许了，勒令他在寺庙里修剪树木，还派了几个师兄来管着他。

智积禅师平生只参悟佛法，并不会培养小孩子，果然起了反效果。陆羽生怕自己忘了当初书里的文字，有时干活儿，做着做着就走神去想书本上的内容，师兄以为他偷懒，就拎着鞭子教训他。

"看你还敢不敢偷懒！"

陆羽悲痛大哭："我只是唯恐时间太久，忘了书里的内容啊。"[①]

看管的师兄却以为是他故意顶撞，下手更重，直至鞭子断了才停手。

那天的事给陆羽留下了极大的心理阴影，他在房中休养了许多日，待勉强能走路时，缓缓推开门，他看着一派肃然的寺内，又看看高远的天，忽然下定了决心。

他要离开这里。

【面具】

画着丑角的面具。

陆羽终于避开师兄弟们的视线，抹着眼泪慌忙逃出了寺庙。真正逃出束缚之后，少年才意识到天地何其高远，人生何其渺茫。他茫茫然地转了一圈又一圈，忽然看见台子上有戏班子正在表演，

---

① 《陆羽自传》：岁月往矣，恐不知其书。

吹吹打打，咿咿呀呀。

陆羽被声音吸引了，衣衫褴褛的他走了过去，愣愣地看着角儿们脸上漂亮的妆容。

"孩子，你是没处可去？我看你天赋异禀，不如……"

"谢谢，我不买武功秘籍。"

"不是……我想问你要不要加入我们戏班子，当个优伶？"

陆羽愣愣地转过头，原来眼前这个人是戏班子的主人，正一脸期待地望着自己。他认真地想了想，起码能混口饭吃，于是果断地点了点头。

"太好了！"对方拍着他的肩膀，"孩子，快去后台化个妆给我看看！"

陆羽一度以为自己能画上漂亮的妆面，唱一曲《霸王别姬》。

现实却是人家给他画了个大花脸，他不是霸王也不是虞姬，他是个说段子的丑角。

陆羽："……"

随后陆羽发现，自己在讲段子方面特别有天赋，后来还写了本段子合集《谑谈》。

也罢，那就好好发挥特长吧。于是在接下来的日子里，陆羽努力学习如何当一个好的丑角，名气竟然渐渐闯开了，他的名气也传入了智积禅师的耳朵里。

"陆羽，有人找你！"

某天陆羽正在后台练戏，忽然听闻有人来找，他带着妆疑惑地走出去，心中顿时一震。眼前这位表情悲伤的僧人，正是他视为养父的智积禅师！

他终究没有跟禅师回去。

就在天宝五年，人生的转折来了，陆羽得到了为竟陵太守李齐物表演的好机会。

【书卷】

一本书。

陆羽遇到了第一个对他有知遇之恩的人，李齐物。

原来李齐物在看过陆羽的表演之后，觉得他言语之中气度不凡，是读书的料子，便当场赠送了他不少诗书。

"你想去学习吗？"

李齐物不知道，这一句话陆羽已经等了多久。

陆羽热泪盈眶："想！"

李齐物挥笔写了一封推荐信，给陆羽推荐了一个好老师——隐居火门山的邹夫子。

在戏班子众人的辞别声中，陆羽含着热泪远去了。少年风雨无阻地登上山，心怀忐忑地叩响了夫子的大门。

这一进去，就是五年。

时过境迁，四季轮回，天宝十一年，再辞别老师时，陆羽已经从莽撞的少年长成了知书懂礼的青年。他沿着当年的山路慢慢地走下，回到竟陵，天地在眼前慢慢地展开，这一次，一切都与往昔不同。

青年陆羽随后认识了第二个改变他人生轨迹的人，崔国辅。

【茶】

一杯茶。

这一年里，朝中的礼部侍郎崔国辅被贬谪到竟陵当司马，恰好与青年陆羽相识。从此两人相见恨晚，诗文唱和，陆羽也逐渐发现了自己真正喜欢的事物。

崔国辅是爱茶之人，经常邀陆羽一同采茶沏茶，待陆羽沏好茶，他双手接过细细一品，高声称赞："好茶！"

陆羽一时恍惚。

如蜻蜓点水，返璞归真，他最无法割舍的事物，原来还是那一捧嫩绿的茶叶。

遥想起当年在寺内的时光，在木鱼声声里，那稚童手法生涩地捏起茶叶，慢慢地用水沏开，又为打坐的禅师小心翼翼地端去，听得他一声欣然称赞。

"好茶。"

见陆羽愈发热衷于茶叶，终于有一天，崔国辅忍不住开口道："陆兄，既然你喜欢，为何不潜心钻研？茶也是一门学问啊。"

陆羽心中微震。

是啊，茶也是一门学问。

陆羽终于找到了人生中最热衷之事，最值得为它付出一生的事。他决心辞别崔国辅，出游大好河山，钻研各地茶叶，立志日后编一本书。

临行时，崔国辅慷慨相赠许多礼物，挥别友人。

【一壶水】

一壶江水。

此后这些年，陆羽的足迹遍布蜀州、泸州、眉州等名山大川，他对茶的造诣也愈发高深。

传说当年有人邀陆羽前来，问起哪里的水沏茶味道最好，陆羽答："江心水煮茶最好。"

那人便命仆人打水取来，哪知道陆羽尝过一口，连连摇头："这不是江心水。"

仆人大惊失色，连忙承认是自己不慎打翻了江心水，便随意用别处的水来充数的。

【佛珠】

皎然的一串佛珠。

皎然，杼山妙喜寺主持，素有"江东名僧"之称，是谢灵运十世孙，当时连王公贵族也对此人恭恭敬敬。皎然不仅在茶道方面造诣高深，著有《茶诀》，在诗词等方面也令人倾倒，《全唐诗》百分之一的诗篇是出自皎然。

安史之乱爆发，陆羽与难民一同渡过长江来到湖州。

在湖州的寺庙内，他遇见了大他许多岁的高僧皎然，从此结为忘年之交，一同唱和诗赋，潜心茶道。[1]

在安史之乱中，皎然给陆羽提供了清净的环境研究茶道，又将自己的茶园借给陆羽实践，得知陆羽要写一部《茶经》，皎然更是全力帮助。

日后陆羽写成《茶经》，被誉为"茶圣"，与皎然有必然的关系。

君子之交淡如水。

知己相识，不过一盏茶之间。

九日山僧院，东篱菊也黄。俗人多泛酒，谁解助茶香。

——《九日与陆处士羽饮茶》

---

[1]《陆羽自传》：洎至德初，秦人过江，予亦过江，与吴兴释皎然为缁素忘年之交。

陆羽经常为了寻好茶出门，连日不归。

有许多次，皎然都欣然登门，无奈而归。

后来他为陆羽作过许多诗，很多都是寻陆羽不遇。

《寻陆鸿渐不遇》《往丹阳寻陆处士不遇》《访陆处士羽》……

今天找到陆羽了吗？

没有。

其实以皎然的性子一点儿也不想多认识朋友，能让皎然主动上门却又放他鸽子的，恐怕只有陆羽一个。

有诗为证。

只将陶与谢，终日可忘情。不欲多相识，逢人懒道名。

——《赠韦早陆羽》

陆羽生性狂放不羁，经常穿着布衣云游山水间，日夜诵佛念诗，乘兴手拨流水，杖敲树木。从早游荡到晚，再号哭着回去。

百姓们窃窃私语。

一般来讲，他们管这种人叫疯子。

但陆羽不一般。

所以百姓们议论："他大概是当今的楚狂人吧。"

【安史之乱】

茶圣只一心问茶，不问世俗吗？

可为何住在山野的樵夫，总能听见陆羽的号啕大哭，如诉如泣，如痴如狂？

【墓】

陆羽人生中最大的伤痛就是人在异地时，听闻远方智积禅师的逝世。

当初那个叛逆出逃的少年，还没有好好与他告别，已是天人相隔。

后来皎然的去世，成了陆羽余生的第二次伤痛。

贞元二十年，陆羽以高龄辞世，结束了自己与茶相伴的后半生，与好友皎然一同葬于杼山，缁素之交就此轻轻合上书页。

"不羡黄金罍，不羡白玉杯。

不羡朝入省，不羡暮入台。

千羡万羡西江水，曾向竟陵城下来。"①

---

① 《六羡歌》。

管 仲　鲍 叔 牙

世间最了解你的人，是我

文／拼罗

夏商与西周，东周分两段，春秋和战国，一统秦两汉

　　主角出场以前，我们先从这首朝代歌简单讲一讲。提到春秋战国，大家的第一印象可能就是"贵圈真乱"，可你知道春秋为什么叫春秋，战国为什么叫战国吗？春秋战国究竟是个朝代，还是个啥？

　　让我们从周朝开始讲起，细细梳理一下——哎，为啥从周朝开始？因为春秋战国与周朝脱不开关系，准确来讲，是和东周脱不开关系。

　　正如歌谣里唱的，周朝分为西周和东周，西在前东在后。西周，指的是公元前 1046 年周武王消灭商朝之后，定镐京为都城，从此建立了西周政权。一个政权的成立，不一定如同朝阳升起，一个政权的没落却必定如同颓败的落日余晖，西周维持了 275 年左右，终于毁灭在了一个败家孩子手里。

　　"褒姒你大胆地笑一笑——"

　　是的，这个败家孩子就是我们都熟知的周幽王，最早的撩妹

狂人，通过一出烽火戏诸侯完美地掉光了诸侯们的好感度。后来申侯勾结游牧民族，大军浩浩荡荡地往镐京来了。

周幽王再次点燃了烽火台，诸侯们抬头一看："哦，他撩妹呢，别理他。"

周幽王就这么领了便当，西周也灭亡了。后来他儿子周平王继位，周平王在镐京越住越心慌慌：这地儿不仅地震还挨着外族，经常挨揍，不安全啊，好可怕，我得走。周平王义无反顾地迁都了，放弃了镐京的大好地理位置，往东迁到洛阳去了。敲重点，这事儿史称"平王东迁"，从此周朝历史一分为二，由西周步入了东周。

搬家之后，周平王也没过上幸福的小日子，周朝此时此刻就像一颗被打碎的蛋，四分五裂的，只撑着外壳，靠着周围的诸侯国保护。我们知道在那个时代，谁拳头大谁是老大，哪儿有老大靠着被保护生存的？周天子的王权是越来越衰弱了。

此时权力在谁手里呢？自然是在各国诸侯手里，从此各国开启了争霸的高难度副本，也就是我们常说的"春秋战国"，它不是一个朝代，指的是这段时期。比如从"平王东迁"到公元前476年左右的历史被称为春秋，取名自鲁国编年史《春秋》，春秋后就是战国，持续到秦国统一才结束，取名自西汉刘向的《战国策》。

不同于大唐的繁华盛世，不同于宋朝的唱词之音，这是伴随着死亡和血腥的年代。春秋有春秋五霸，战国有战国七雄，咱们今天的故事背景，就在春秋时期的齐国。

齐国是个大诸侯国，早在西周的时候它就已经存在了，当年周武王给功臣吕尚划了一片土地，将他分封出去当国君，国名叫齐国——这就很好地解释了诸侯国是咋回事：封建封建，古代帝王将功臣分封出去，建立国家，称为国君，也就是所谓的诸侯国。

今天的两个主角，一个叫管仲，一个叫鲍叔牙。他俩从少年起就认识，比起士大夫后人出身、从小接受优良教育的鲍叔牙，管仲在社会各种游荡，似乎显得滑头许多。

"你说鲍叔牙这么个根正苗红的小青年，咋就交了管仲这么个社会青年呢？唉……"

这俩人身份悬殊，却好得像拧在一起的麻绳，往往让外人费解。

管仲翻白眼："我不混社会谋生，你给我饭吃？"

鲍叔牙也暗暗撇嘴："你们这是没看见管仲兄的才华！"

严格来讲，他们俩其实都是齐国士大夫的后人，尤其是管仲，祖上还和周天子有点儿亲戚关系，只不过到他这辈儿家里早就没落了，只能自己混饭吃。

怎么混饭吃？做个当时大家都瞧不起的活儿，经商吧！恰好鲍叔牙这个贵族青年骨子里也不走寻常路，就出资和管仲合伙做买卖。

"瞧一瞧看一看啦，豆腐两块钱一块，一块两块钱……"

"你俩到底卖多少钱？"

事实证明这两人不是很有经商的天赋，最后经商以失败告终，分钱的时候说好五五分，管仲这小子却总给自己多分，给鲍叔牙少分，鲍叔牙还乐呵呵的，典型的傻白甜贵族，被卖了还给人家数钱。

别人忍不住吐槽："你朋友这不是欺负你吗？管仲那小子那么贪财，你离他远点儿。"

鲍叔牙："不对不对，管仲兄这么做是有苦衷的，他家贫困，钱是我自愿分给他的。"

经商失败的管仲四处游历了几年，又回来当兵打仗了，第一次参加战争，管仲冲锋在最后，撤退在最前，抱头逃回来了。

鲍叔牙："管仲兄这么做是有苦衷的。"

管仲第二次参加战争，又抱头跑回来了。

鲍叔牙："都是有苦衷的啊。"

管仲第三次跑回来，当时将士们最常嚷嚷的一句话就是："管仲又跑哪去了？！"

鲍叔牙："管仲兄不是贪生怕死，是因为他家里还有年迈的老母啊！"

管仲挖了多少坑，鲍叔牙就跟着填了多少坑。久而久之管仲也感动得稀里哗啦，拉着鲍叔牙的手，信誓旦旦地要为鲍叔牙办事儿。

结果都办砸了。

鲍叔牙："没关系！管仲兄，我知道你不是才华不够，你是机会不够啊！"

当时是什么情况？整个齐国都说他管仲是个小混混、社会青年，唯独鲍叔牙再三承认他的人生价值，无条件包容他的缺点，时刻给他前行的动力。管仲再次感动得稀里哗啦，拉着鲍叔牙的手不放开，在多年以后说出了那句最出名的话。

"生我者父母，知我者鲍叔牙啊！"

年少的日子很快过去，一转眼就到了真正做大事的年龄，二人纷纷入仕当官。公元前 698 年，国君齐僖公去世，齐僖公有三个儿子，品性不太好的大儿子诸儿，二儿子公子纠，三儿子公子小白。

春秋是个"家天下"的时代，政权内斗也就是兄弟争斗，底下的人马各为其主。于是管仲和鲍叔牙这一对好朋友挥挥手，暂且投奔了不同的人：管仲效忠公子纠，鲍叔牙效忠公子小白。

什么，你问为啥他俩不效忠同一人？俩鸡蛋全放一个篮子里，篮子摔了，俩鸡蛋岂不是全都碎了？对吧。

其实对于自己这个新上司，鲍叔牙一开始是抗拒的，隔三岔五就装病不上班打卡，管仲带着礼物去探望，一眼就看出他装病，鲍叔牙这才不情愿地说了实情："知子莫若父，知臣莫若君，公子小白没啥希望当国君，是不是我能力不行，才让我辅佐他的？"

原来是因为这个啊，管仲无奈地笑。

当时他们还有个同事叫召忽，也是跟管仲一起辅佐公子纠的，召忽也来探病，也听了鲍叔牙的苦衷，想了想，出了个馊主意："要不你别干了吧？就说你病得要死，公子小白肯定不会强迫你当官。"

这不是他想要的答案，鲍叔牙更郁闷了，我说这饭不好吃，你咋还劝我别吃了？

鲍叔牙的心态很微妙，他说出心事，其实更想有人给他动力，而不是放弃。

管仲不愧是鲍叔牙多年的死党，和召忽不同，他几句话就戳中了鲍叔牙的心结："你是主持大事的人，不应该轻易辞职，更不应该贪图空闲。你想想，诸儿虽然年长，但他人品差啊，以后国君必定是小白和纠其中一位，还说不定是谁呢，你还是上班吧。"①

鲍叔牙想了想，有道理，有动力了，终于开始继续上班打卡了。

至于长子姜诸儿，老爹一驾崩，他自然就成了新国君，也就是世称的齐襄公。就像之前说的，齐襄公在位期间人心惶惶，不

---

① 《管子》：持社稷宗庙者，不让事，不广闲。将有国者未可知也。子其出乎。

久之后他就干了一件令人震惊的事儿：当时齐襄公的妹夫鲁桓公带着夫人文姜来访齐国，齐襄公不仅和自己的妹妹私通，还明目张胆地杀害了妹夫。

当时满宫大臣看着齐襄公的眼神都怪怪的。

这人连自己妹夫都痛下杀手，鲍叔牙对此表示"君使民慢，乱将作矣"[1]，齐国必乱啊，不能久留，于是领着自己的老板兼徒弟公子小白，连夜跑路去了莒国紧急避难。在隔壁公子纠那边上班的管仲同样敏锐地嗅到了死亡的气息，和老板连夜跑路去了鲁国。

两位公子心想：拜拜了大哥，您自己玩儿吧，我俩先停战，等齐国平息了再回来互殴。

可能有人纳闷了，怪事儿，鲁国和莒国为啥不立个功，直接把他俩给绑回齐国？其实这不仅是公子小白与公子纠的博弈，这也是鲁国和莒国的一场豪赌，所以两国选择静观其变。

独自留在齐国的齐襄公终于把大臣全都得罪尽了，就在公元前685年，齐襄公死在了自己的堂兄弟手下，国君之位也就被这个堂兄弟夺去了，这个堂兄弟是谁呢……他名叫无知。

全名公孙无知。

公孙无知已经看齐襄公不爽很久了，为啥？因为以前伯父齐僖公挺喜欢他，待遇都是和齐襄公一样的，结果齐襄公当国君之后，自己这待遇居然一下就落下来了！这俸禄以前每天能买一百个鸡腿，现在只能买五十个鸡腿！

这还能忍？

于是公孙无知动手了，得意扬扬地坐了一年国君的宝座，再然后……也因为得罪人，被咔嚓掉了。

---

[1]《左传》。

折寿了，齐国一连死了俩国君。

齐国无君，大家就想起了逃难的两位公子，总得回来一个继位啊！国君之位先到先得啦——

远在国外的鲍叔牙和管仲也得到了公孙无知被杀的消息，知道机会来了，喜出望外，快马加鞭就要领着老板回齐国抢位置。只不过那时候马车慢，书信也慢，鲍叔牙和公子小白的情报网更强大，等管仲和公子纠得知消息的时候，公子小白早就动身了。

这叫什么？这叫占尽先机。

公子纠郁闷到吐血，算算距离，莒国本来就在齐国隔壁，姜小白又是提前动身，到时候要是真让姜小白先赶回了齐国，他说自己是来继位的，满朝文武又敢说啥？到时候就算自己是兄长又能如何？

旁边的管仲面无表情，早已备好了弓箭："快走吧，来得及，我去去就回。"

众所周知，他管仲不是规规矩矩按道义出牌的人，早就起了杀心。虽然好友鲍叔牙在公子小白那边，但各为其主才是乱世的箴言啊。

管仲领着兵马去了，他潜伏在莒国和齐国的必经之路上，等待公子小白的车路过。

车队果然急行而过，是鲍叔牙和公子小白一行人。

管仲冷静地将箭尖绕过鲍叔牙，瞄准了公子小白，一箭脱手，银光伴随冷啸声，只见行车上的公子小白高呼一声，口吐鲜血倒在车上，随后是鲍叔牙等人的惊呼："是管仲！""公子纠派人来了！"

公子小白这次必死无疑。

管仲不去看鲍叔牙的表情，毫不犹豫地领人逃离现场，作案

【管仲&鲍叔牙】

手法十分娴熟。

"老师这事儿办得漂亮啊！"

听到消息，公子纠简直欣喜若狂，这下可没人同他抢国君的宝座了，他可以从从容容地回国了。公子纠甚至有闲心看看一路的风景，在鲁国的护送下，他优哉游哉地拖延了六天才回国，一回来，立刻傻眼了。

本该领便当的公子小白还活着，而且比他早一步到了齐国，说服众臣，当了国君。

"啥？你来当国君的？对不起，一个萝卜一个坑，没了哈。"

公子纠在那一瞬间终于抓狂了，他恨不得揪起管仲的衣襟怒吼："你不是说我老弟死了吗？那这是鬼魂显灵吗！"

管仲在那一瞬间也有点儿傻了，但凭着他的智商，很快就反应过来：公子小白是假死！

公子小白果然非等闲之辈啊……管仲微微眯起眼。

原来当时他一箭射去，其实只射中了公子小白的铜制衣带钩，公子小白竟在短短一瞬间想到了假死之计，狠心咬破了自己的嘴唇，假装口吐鲜血倒在车上，实则在自己得意离开后快马加鞭，赶回了齐国！

管仲长叹一声，这次对弈，是自己输了。

见公子纠终究来晚了一步，鲁国那边便企图出兵，以武力强行扶持公子纠夺位，此时已成为齐桓公的公子小白率军迎战，将鲁国打得大败，史称"乾时之战"。公子纠与管仲退回鲁国，后来在齐国的施压下，鲁庄公不得不斩了公子纠，对于管仲等人的处置却成了问题。

杀，还是不杀？

就在此时，鲁庄公收到了齐桓公写的信，信的主题很简单：

把管仲和召忽他们给我送回来。

鲁庄公更为难了，因为有大夫觉得齐桓公或许不是想杀管仲，而是想任用他，以管仲这种人的才华，日后齐国称霸岂不是分分钟的事儿？不如杀了管仲再把尸体送回去。

管仲觉得自己多半要交待在这儿了。

就在鲁庄公霍霍磨刀的时候，他忽然又收到了鲍叔牙的信，说齐桓公因为一箭之仇，想亲手弄死管仲才解气，所以一定要将管仲活着送回齐国。

管仲又觉得自己不会交待在这儿了。

目前齐国有两个人迫切地希望他回去，齐桓公和老朋友鲍叔牙。

齐桓公写信，的确想弄死自己。

鲍叔牙写信，是想救自己。

鲁庄公不敢得罪齐国，果然决定将管仲和召忽活着送回去。

这一年，管仲经历了人生的大起大落，大喜大悲，他来不及怀念被杀的公子纠，便在鲁国士兵的押送下，和召忽一起踏上了去往齐国的路。

"管兄，我死了，咱们的公子也有了以死效忠的忠臣了。"召忽一路神情悲怆，忽然开口。

管仲愣了愣。

"而你活下去，辅佐齐国称霸诸侯，公子也可以说是有生臣了，死者成就德行，生者成就功名，你我二人，在生死上算是尽本分了。"

管仲忽然意识到这些话意味着什么。

"管兄，你好自为之吧。"

召忽抽剑自刎，鲜血四溅，旁人惊呼。

管仲只是静静地看着这一切。

这就是乱世啊，他苦涩地想。

数日后，当身形消瘦的管仲被押到齐国，他本以为自己不死也得丢半条命，眼前的一切却跟他想象中的截然不同，迎接他的是眼泪汪汪的鲍叔牙和面露尊敬的齐桓公。

原来就在管仲被囚禁在鲁国的时候，见齐桓公对挚友恨之入骨，鲍叔牙做了许多的思想工作，成功将齐桓公的仇恨值清了零。后来就在齐桓公想立鲍叔牙为相的时候，鲍叔牙不假思索地推荐了管仲。

"您想杀了管仲解恨吗？"

"想。"

"您想把他千刀万剐剁成肉泥吗？"

"想。"

"那您想失去一个人才吗？"

"想……嗯？"

"如果君上您只想治理齐国，那么有我鲍叔牙就够了，如果您想成就霸业，那就离不开管仲啊，管仲他是到哪儿哪儿强盛啊。"

鲍叔牙吹了一通三百六十度无死角的彩虹屁，说服了齐桓公。

管仲缓缓走出囚车，看着鲍叔牙激动落泪的脸庞，忽然想起了少年时自己被乡里人唾骂，只有一个身影为自己挺身而出。

"管兄是有苦衷的，钱是我自己分给他的！"

友谊澎湃的最高峰莫过于此，管仲从此尽心尽力地辅佐齐桓公，扛起相国的大任。

鲍叔牙多年的信任果然没有错，从此各国会盟、成就霸业……齐国气势汹汹迈向霸主的每一步，都少不了管仲的身影。他如同舒展羽翼的凤凰，以天下为格局，在生命之火熄灭之前，尽情地展翅翱翔。

鲍叔牙默默地伴随在管仲左右，欣慰地看着他的朋友一飞冲天。

后来管仲逝世于公元前 645 年，鲍叔牙逝世于公元前 644 年，两人离世的时间不过相差一年。

回顾自己的一生，管仲忘了很多事，也忘不掉很多事。

他不会忘了当年自己从囚车上下来，鲍叔牙向自己跑来的那一瞬间。

那一瞬间，尚待他们去逐鹿的版图，尚未辅佐齐国实现的霸业，又缓缓地在管仲眼前展开了。

古代神仙友情超话　＋关注

超话榜 NO.3　　阅读 78 亿　　帖子 89 万　　粉丝 100 万

主页　　**帖子**　　精华　　视频　　名人堂

最新评论　　　　　　最新发帖　　　　　　热门

真相是真
刚刚 最后评论来自 iPhone 客户端

古代神仙友情超话

白先生 × 元先生 ╰(￣▽￣)╯

元先生："夜久春恨多，风清暗香薄。是夕远思君，思君瘦如削。"

白先生："晓来梦见君，应是君相忆。梦中握君手，问君意何如。"

不妥删。

♡ 34　　　↗ 252　　　💬 675　　　👍 1987

甫白小甜心

甫
V

刚刚 最后评论来自 iPhone 客户端

古代神仙友情超话

《赠李白》《与李十二白同寻范十隐居》《冬日有怀李白》
《春日忆李白》《梦李白》《天末怀李白》《寄李十二白
二十韵》……
李白和杜甫大大的友谊，谁不爱！
高举"李杜"大旗。

为友情流泪的一天！

♡ 11　　　↗ 57　　　💬 23　　　👍 190

可可爱爱小伯期

可
V

刚刚 最后评论来自 iPhone 客户端

古代神仙 couple 超话

伯牙和钟子期必须拥有姓名！
【高山流水，你的音乐只有我懂。
知音难求，你若不在，我又弹琴给谁听。】
啊啊啊，是绝美的友谊。

给你小心心！

♡ 43　　　↗ 332　　　💬 675　　　👍 7574

专业吞钥匙一万年
V

刚刚 最后评论来自 iPhone 客户端

古代神仙友情超话

实锤！实锤！实锤！

你们一定想不到，小时候的我们错过了多少暗糖。

"红豆生南国，春来发几枝，愿君多采撷，此物最相思。"

大家都知道这首诗叫作《相思》，可它也叫《江上赠李龟年》，

是王维大大写给李龟年的！

我不管，"忘年"友谊锁死！

真情实感，不接受反驳。

我不接受反驳

古代明星情侣知多少

奕绘 & 顾太清　贝勒与才女的绝美之恋

文／拂罗

"姑娘家呀，挑夫婿可要擦亮眼睛，莫被负心汉欺骗了感情。"

年幼的西林春又听起家里人笑谈，她眨眨眼睛，放下正在读的诗书，一本正经地问："阿姐，感情是什么呀？"

"感情就是……当你看到他，你就想义无反顾地陪着他，就像花注定要长在泥土里那样。"

在没遇到那个宿命之人的时候，西林春自然不明白这个比喻是什么意思，只好晃晃脑袋继续看书，写着远超她年龄水平的诗。她不是汉人，而是西林觉罗氏，属于满洲镶蓝旗，她祖父是大学士鄂尔泰的侄子，真正代代相传的书香门第，一直延续到她这代。

有这样显赫的身世，西林春的童年本该是幸福的，然而事实全然相反，爹爹一生都没有当官，脸上常常露出落寞之色。而幼年时的西林春最常听到的词就是"家道中落""罪臣之后"，她去问大人，大人们只是苦笑不答，只是让她好好读书，读书改变命运。

西林春点点头，继续努力读书，等她长成少女时，已是远近闻名的大才女，甚至有人认为她可以和多年前那位叫纳兰性德的大才子比肩。

"才气横溢，援笔立成。待人诚信，无骄矜习气，唱和皆即席挥毫，不待铜钵声终，俱已脱稿。"[1]

西林春成为才女绝非偶然。

家里对子女的培养是倾尽全力的，西林春三四岁的时候，她祖母就教她识文断字，幼年时家里又请了老师悉心教导她诗词，西林春打小就和其他女子不一样，她不仅不缠足，还能尽情地写诗填词，施展才华。

文坛里早早就有了西林春的名字，大家都"大大""大大"地叫她。

西林春出落成少女时，她才终于明白"罪臣"是什么意思。原来先辈鄂尔泰当年有个门生叫胡忠藻，卷入了当时令人闻风丧胆的文字狱，也连累了鄂尔泰一大家子，从此没收家产，后人不得当官，世代为罪臣之后。

在西林春的记忆里，她们一家人终日惶惶无处定居，不被京城所容，辗转过杭州、福建等许多地方，看尽了旁人的白眼。后来回忆起这段日子，西林春以"半生尝尽苦酸辛"[2]来概括。

小时候娘说读书改变命运，可这样的日子，何时才是个尽头呢？

西林春二十三岁那年，结束飘零的机会很快就来了，还意外伴随着爱情悄然而至。

爱情的名字叫奕绘。

---

① 《名媛诗话》。
② 《定风波·恶梦》。

123

此时的西林春已经是个美貌和才华集于一身的女子，托关系在荣王府得到了一份工作，作为家庭教师，教格格们诗词歌赋——荣王府是什么地方？乾隆皇帝第五个儿子荣王永琪的府邸，正统的爱新觉罗皇族，住在荣王府，起码不必再四处漂泊了。

西林春的堂姑母是永琪的妻子，王府里本着"聘外人不如聘自家人"的念头，将大才女西林春聘了进来。

从此荣王府多了一抹西林春的倩影，也多了她与格格们吟诗唱和的风雅之音。二十三岁的西林春正是最惊艳动人的时候，她的一举一动都和久居闺中的女子不一样，很快吸引了不少爱慕者的目光。

其中一道最深情的目光，就是来自与西林春同岁的奕绘。

西林春在园中念诗时，便察觉到那一道欣赏的目光，悄悄从书中抬头一看，目光居然来自一位气度不凡的锦衣公子。西林春不禁脸一红，咳嗽几声，继续佯装苦读，带格格们念书。

"咳咳，来，翻开第二页……"

"哎呀，老师你是什么记性，我们都看到第二十页啦……咦，你怎么脸通红，发烧啦？"

奕绘是什么人？

他全名爱新觉罗·奕绘，是荣王永琪的孙子，正宗的贝勒，才学渊博，也是当时另一位著名的文圈大大。或许是被西林春那一抹倩影牵动心神，也或许是被西林春吟诗时的恬静打动，奕绘之后时常来找西林春。

从此府内多了一双男女漫步吟诗的身影，互相唱和，花前月下。

经过相处，西林春发现这个男子有与她匹敌的才气、相同的志趣……除却身份悬殊，他们简直是天作之合。

她也明白了幼时家人说过的话，有些花注定要生长在泥土里，这个男人就是她命中注定的那一捧温柔沃土。

从来初恋最动人，对于二十三岁的奕绘来讲也是如此，西林春简直是十全十美，忽然降临到他府上。

奕绘沉浸在初恋带来的美好当中，许下了一个男人最重的诺言："你等我，我一定会娶你。"

西林春深信不疑，虽然她注定不能成为奕绘的正妻——早在奕绘十五岁的时候，家里便为他娶过正妻，世称妙华夫人。他俩当年是爹娘钦定成婚，所以彼此只有亲情，没有爱情。

奕绘回去说服家人，想要纳心爱的姑娘为侧室，他没想到的是，自己过了妙华夫人那一关，却没过老母亲那一关。奕绘的母亲厉声打断了儿子的请求，让他不要再提。

最大的阻碍是什么？

是身份悬殊。

奕绘是皇族子弟，西林春却是一介罪臣之女，世代连做官都不能，更何况是大摇大摆地步入王府？

西林春其实也明白。

奕绘的身份对她来讲意味着什么呢？意味着天之骄子，意味着触碰不到的太阳。

可即便如此，她还是想触碰一下试试看，踮脚，再踮脚。

对于这一双人来讲，他们的爱情是剥落外物，倾慕彼此的灵魂；对于外人来讲，则是根本实现不了的妄想。那边奕绘焦急万分，屡次劝说无果，这边的西林春也听见了流言蜚语，他们的事在府中渐渐传开，府中人对她议论纷纷。

西林春的工作做不下去了，无可奈何之下，她只好收拾包袱离开了王府，黯然与奕绘作别。

姑娘家呀，挑夫婿可要擦亮了眼睛……她无端地又想起那句话。

西林春摇摇头，奕绘不是负心郎，只是世事不容他们罢了。

这一分别就是三年。

三年里，西林春在异地黯然写下怅然的诗篇；三年里，奕绘又在做什么呢？

"奕儿……三年了，你还放不下这段感情吗？"

"娘，我不会忘，我一定要娶她！"

整整三年里，奕绘始终不曾放弃，一直尝试说服母亲改变主意，打破多年来的规矩。儿子如此坚决，到最后老夫人也无可奈何："你要娶她，可你要怎么娶她呢？罪臣的姓氏注定入不了咱们家门啊！"

奕绘冥思苦想，想到了一条妙计，既然规矩改不了，那就改变人！

既然西林春的姓氏入不了王府，那么就伪造一个假身份，借口说西林春是二等侍卫顾文星之女，上报宗人府。

二十六岁的西林春再次收到情郎的信，看着熟悉的字迹，她的指尖微微颤抖。

她没有爱错人。

奕绘是任西林春生长的沃土，西林春何尝不是奕绘心尖儿的花？

"为了嫁给我，你真的愿意改名换姓吗？"

"我愿意。"西林春抬起头，轻轻开口，语气坚定，"从此以后，我就叫顾太清。"

西林春从此改名顾太清，也就是文学史上那个鼎鼎大名的才女，她如愿成了奕绘名正言顺的伴侣，过上了如梦似幻的幸福生活。妙华夫人病逝后，顾太清更是名义上的侧室，实际上的女主人，在奕绘逝世之前，顾太清一直过着羡煞旁人的生活。

故事的过程太美，往往略显结局落寞，后来奕绘病逝，老夫人生怕顾太清的儿子夺嫡，竟将他们母子赶出家门，两人靠变卖金钗簪子才得以过活①。后来妙华夫人所生的嫡子亡故，需有后人回来主持家业，顾太清这才在儿子的迎接下回到王府。

时隔整整二十年，顾太清已不再年轻。

她在儿子的搀扶下，来到当年居住的故园，不禁热泪盈眶。

公元 1876 年，顾太清长眠地下，如奕绘同葬一处。

她的名字，太清太清，往往让人想起清冷的梅花，纵然风雪打落花瓣，也坚定地守在原地，恣意生长。

在那个早婚的年代，顾太清有勇气等一个人到二十六岁，亦不为自己的身份悬殊而感到自惭形秽，而是选择站在奕绘的身旁，终于迎来自己的暖春。

她固然伤春，但可曾因凛冬的悄然而至，而后悔觅得此春？

她只是轻轻地感慨这春天太温柔。

① 《七月七日先夫子弃世，十月廿八奉堂上命携钊、初两儿，叔文、以文两女移居邸外，无所栖迟，卖以金凤钗购得住宅一区，赋诗以纪之》。

苏蕙 & 窦滔 一首回文诗挽回的爱情

文／拂罗

嫁给爱情是一种什么样的体验？

@苏蕙 👍 11207

我我我，这个问题我必须答。

讲我夫君之前，先讲讲我自己吧。我叫苏蕙，字若兰，熟悉我的人都叫我若兰。对于爱情，我还是颇有些选择的资本吧，颜值我给自己打八分，才华十分，家里对我的教育比较早，从我三五岁就开始教我写字念诗了。

我这个人爱好比较多，看见啥就想学啥，比如我七岁学画，九岁学刺绣……挺多的，也算是他们口中的才女。

对于爱情，其实当初我也是很迷茫的，因为在我没结婚之前，跑来我家说媒提亲的人不少，那段时间我家附近的邻居都知道，三两天就有小子跑来我家门口。

甚至还有爱情戏折子看多了的小子，在外面嚷嚷。

"蕙蕙嫁给我吧——"

咦，我不喜欢这个类型。

每次我都冲屋里喊："爹，又有猪来拱你的小白菜啦！"

我爹就愤怒地冲出来轰走这些小子。

当时我爹在陈留当地做县令，大家都怕他，那些臭小子一看见我爹就吓得抱头鼠窜，不敢再来。我还小的时候，我爹逢人就轰走，后来我长到十五六岁，我爹忽然改了雷厉风行的性子，还笑呵呵地把那些臭小子领进家门。

他每次都问我，闺女啊，看着顺眼不？

我恍然大悟，老爹是想把我嫁出去啊！这就是传说中的相亲？

我对爱情的概念也是从戏本子里悟的，说两人一见倾心的时候，心里会怦怦跳，如同有个小鼓在敲。然而我没有体会过心里小鹿乱撞的激动感，每次都对老爹摇头。

十六岁那年，我频繁地相亲，始终找不到意中人，或许是心疼我太疲惫，老爹决定带我去旅游。万万没想到，我居然意外邂逅了爱情，原来我未来的夫君就在那里等着我呢。

我还记得当年初遇的那一幕，我和老爹途径池畔，看见一个少年。

用"一个少年"来形容他似乎太平淡，可怜我苦读诗书多年，遇到他的时候居然才华尽失，当时能想到的词也的确只是"一个少年"。

我看见这个英气勃勃的少年正拉弓射箭，只向天一箭，就有飞鸟被射落，再向水一箭，立刻就有鱼翻起肚白。

好身手！

当时我的脚步大抵是不自觉地停了，心里怦怦直跳，现实果然和戏本子里的不一样，我这心里哪里是有小鼓在敲，分明是轰隆隆战鼓擂。

一方面我感觉自己冲昏了头，另一方面我感觉自己冰雪聪明，虽然我很吃他的颜，但不喜欢空有身手却没才华的人，我再一转头，看见岸边放着他的东西。

一把出鞘的宝剑，压着几卷经书。

好吧。

这个人，我爱了，我要把他抱回家去，让他天天给我舞剑玩儿……咳咳。

我一回头，看见老爹正露出"我懂的"笑容，看来他也相当满意这个少年。

我夫君果然是最棒的！

啊……不好意思，失态了失态了，总而言之，我和我夫君最初相识的过程就是这样啦，之后一搭讪，我俩果然是天作之合。对了，差点忘了说，他叫窦滔。

后来彼此熟悉了，也就见了双方父母，现在我们已经结婚啦。

回答评论下方几个小可爱的问题

我们婚后过着什么样的生活？当然是我天天和他一起吟诗作画，天天让他舞剑给我看啦。不过他志在四方，是要当官的人，也不能永远跟我这么玩，得去追求他的仕途啦。

我夫君在做什么？前些日苻坚不是占了秦州吗？我夫君本来就是秦州的官儿，现在继续在秦州当刺史呢。

不过秦王似乎因为窦滔是前朝的官员，总有些忌惮他。

罢了罢了，只要不出事就好。

第二次编辑

最近世道有点乱，很多人问我们的近况，告诉大家一个不太好的消息，我们要开始异地恋了。

窦滔被秦王发配到沙州服役去了。

原因看着简单，其实挺复杂，我也不好细说，只能说窦滔运气不好，同事都是小人，各种谗言陷害他，一不小心就着了道。谢谢各位的安慰，我们夫妻俩气愤也没有用，发生的事毕竟已经发生了，只能接受。

昨天窦滔走了，临走之前我们俩作别，他说一定会早日回来和我团聚。

我也只能留在家里，盼望他早日平安归来。

第三次编辑

夫君不在的第一年，想他。

第四次编辑

夫君不在的第三年，想他。

第五次编辑

夫君不在的第五年，想他。

听说秦王那边急着招人，赦免了很多罪臣，窦滔前些日也回信说回家有望。

我决定先努力淡定下来，这五年间反复幻想他回来，又一次次失望，万一这次又是一场空呢？平添伤心而已。

再次谢谢小可爱们的安慰。

第六次编辑

我夫君要回来了！

这次是真的！秦王他真的免了窦滔的罪名，还把他派去襄阳当官！他说正好顺路，回家接我！

我是这个世界上最快乐的人！

第七次编辑

抱歉，过了这么多天才回来报信，那个大猪蹄……不对，我夫君他的确回来了，不过他现在又走了，我没跟他一起去襄阳。

因为他还带回来一位叫赵阳台的小美女。

一想到当时的场景，我就感觉天旋地转，原谅我不是很坚强。当时我做了一大桌子好菜等他回家，感觉佳肴不够表达我的喜悦，遂拿起胭脂盒化妆，不料手一抖，胭脂红得好像在脸上开了朵花儿。

算啦算啦，他肯定又会和五年前一样，笑着说我蠢萌。

我特别想听他这么说一声。

我听见他回家的脚步声，一转身，却又听见一声风情万种的嗤笑，是那位叫赵阳台的美女。

"怎么画成这样……来，介绍一下，这位是我在沙州认识的妹妹，跟咱们一起去襄阳。"窦滔也看着我，他明显感觉有点丢人，假装咳了一声。

他在沙州的日子没我想象中那么苦，这五年来我耐着寂寞苦苦等他，同样是这五年来，他耐不住寂寞找了个歌女。

那天桌上的饭菜我一口没动，哭得好似大花脸，我跟赵阳台吵了一架又一架。窦滔觉得我们两个女人吵架很烦心，一摔筷子就回房了。

赵阳台也哭哭啼啼地跟着回房了，她如今是他的心上人，肯定说了不少我的坏话。在家里住了几天，窦滔要领着我们去襄阳，我说不想去，他就真的领着赵阳台走了。

真的越想越不是滋味。

我今年才二十一，正值青春年华，竟然就遭遇了这种破事。

第八次编辑

我回来了。

一直忙着写诗，原来已经过去几个月了。

有劝我振作的，有劝我离婚的，谢谢评论下面小可爱们的安慰。在我这个年代离婚还是有一定难度的，我觉得 @武则天姐姐说得很对，我没必要求他回来，我要蓬勃地向上生长。

所以我开始拼命地写诗啦。

痛苦可以成为一个文人的动力，我可以骄傲地说，这几个月来我写了几百首诗。光写诗没意思，我想了个好点子，把这些诗一字一字地排列起来，用五色丝线绣在帕子上，这样的话，不管你横着看竖着看正着看反着看，都能凭理解组成一首诗，几言的都行①。

---

① 《晋书》卷九十六《列女传·窦滔妻苏氏》：窦滔妻苏氏，始平人也，名蕙，字若兰。善属文，滔苻坚时为秦州刺史，被徙流沙，苏氏思之，织锦为回文旋图诗以赠滔。宛转循环以读之，词甚凄惋，凡八百四十字。

@武则天小姐姐说要给我作序，谢谢啦。

这么优秀的成果，怎么能不给那个没心没肺的"大猪蹄子"看看呢？他的赵阳台能写出来吗？

我已经把这个《璇玑图》给他寄过去啦，用的是最快的快递。

谢谢@黄庭坚大大写的诗：千诗织就回文锦，如此阳台暮雨何？亦有英灵苏蕙手，只无悔过窦连波。

第九次编辑

我是窦滔，现在登的是我娘子的账号。

一字字看完娘子的话，我是后知后觉，现在才觉得羞愧难当。尤其是收到娘子寄来的《璇玑图》之后，看着她笔下每一个字都含着眼泪，看着世人都惊叹她的才气，我忽然意识到自己错了。

真的彻彻底底错了。

有这么好的娘子，我却没有珍惜。

请各位放心，收到《璇玑图》之后，我立刻就把赵阳台送回她老家去了，我已经备了车马，这就去家乡接我娘子来襄阳。

苦了她了。

第十次编辑

我是苏蕙，人在襄阳，刚下马车。

嗯？窦滔什么时候登了我的号？

他说得对，我现在人在襄阳，我们已经和好啦。

就这样结帖吧，拜拜。

忽然有点想爹了。

134

用户【苏蕙】收到用户【武则天】私信——

@武则天：阿蕙，你是真正的幸福吗？

用户【苏蕙】已阅，未回复。

管道升 & 赵孟頫

听说老公想纳妾，不准！

文／拂罗

娶了爱情是一种什么样的体验？

@赵孟頫 👍 20483

谢邀，是邀请我来虐狗的吗，哈哈。

【我和我夫人】

简单讲讲我们成婚之前的事吧。

报个家门，我是赵匡胤的第十一世孙，书读得还行，十四岁参加过"公务员"考试，顺利当了真州司户参军。爱好方面，我在书画上比较有实力，活到这个年纪，也算是业界知名人士啦。

不过早年熟悉我的朋友可能都知道，我有一段时期比较宅，当时朝代更替，元人忽必烈灭了南宋，我和一些朋友都感到十分气愤，不愿出山，所以一直在家里宅到三十二岁。

见笑见笑，别叫我宅男哈。

我三十三岁的时候得到一个机会，而立之年，却作为前朝遗臣被举荐去面了圣。我心里本有许多不甘，没想到忽必烈一看

136

见我便连连惊呼。

他说我神采秀异，是珠明玉润的神仙之人，要提拔我在元朝当官。人到了我这个年纪，有些事情已经不再那样固执，眼前摆着一条路，你是走还是不走？

我选择走。因为这件事，不少汉人朋友吵着跟我绝交，其实我到了元朝廷才知道，元人官员其实是很排挤汉人官员的。那段时间我夹在其中，甚是痛苦。

所幸我的仕途还算一帆风顺，节节高升，后来又认识了我夫人管道升，这是我一生中最大的慰藉。

当年我已是个大叔，而我夫人也已二十六岁，用世俗眼光来讲，她也算是大龄待嫁的老姑娘（夫人要是冥冥中看到了，莫咒我走路跌坑啊）了。

我夫人当时是远近闻名的才女，人说"翰墨辞章，不学而能"[1]，她在艺术方面也十分杰出，不在我之下。挺多人背后唠叨她大龄未嫁的事，其实我是不大喜欢听这一类话的。

因为我们当时初识，都没有介意彼此的年龄，人活到而立之年，骨子里执拗的少年气早就换成了一种更深刻的东西，我们更在意彼此的内在。

我一直觉得，我夫人从小就聪明过人，我那老丈人一直当成宝贝明珠来养着，决心非乘龙快婿不嫁女儿，找来找去，就找到了我[2]。

有点自夸哈。

和夫人成婚之后，我也终于明白自己一直以来苦苦追求的是什么了。

---

[1]《魏国夫人管氏墓志铭》。
[2]《魏国夫人管氏墓志铭》：夫人生而聪明过人，公甚奇之，必欲得佳婿。予与公同里闬，公又奇予，以为必贵，故夫人归于我。

只求一个灵魂上高度契合的伴侣。

【我们的爱好】

无所谓爱好，只要三观契合的两个人，无论聊什么都有意思。但看见评论下面有人问，我还是在此答一下吧。

我的爱好很多朋友都知道：画画、书法、作诗……太多了。

我夫人恰好也从小就喜欢这些，每每我落笔绘画，她必定在旁边观摩，若觉得我有何不妥，或有什么好的建议，她便轻声指出来，我们俩得以互相学习。

夫人特别喜欢画竹，日夜观察竹子的形状与姿态，编写了一本绘画著作《墨竹谱》，细细记录了画竹手法。此书著成，我曾得意扬扬地拎着书四处向友人炫耀。

"落笔秀媚，超逸绝尘。此卷虽是小景，深得暗香疏影之致。"[1]

我们夫妻俩不求千金，只求知音，我画了一张《江春垂钓图》，我夫人便来补上墨竹；我夫人画一幅梅花，我便来题字《题管道升梅竹卷》。

至于家中一切事务，见笑，我终日忙于官场来往，往往没空打点，都是由我夫人一手操办的。我至今仍钦佩我的夫人，她总是能用最从容的态度，将家内外管理得井井有条。就连我们的儿女，她也能教育成十分优秀的人。

【平日的乐趣】

大小乐趣，太多了，有良人陪伴，人间处处是乐趣。

---

[1] 《题管道升梅竹卷》。

当时朋友圈里都说我是晒妻狂魔，我翻了翻当年的动态，哈哈大笑，还真有点儿这个意思。当年我给朋友写了首《与师孟书》，他读完之后目光幽幽，问我，你是特意写诗来跟我炫耀的吗？

山妻对饮唱渔歌，唱罢渔歌道气多。风定云收中夜静，满天明月浸寒波。

成诗那夜，我与夫人微醺，笑着唱渔歌，一首又一首，当时月上中天，此夜仿佛只有我们二人。

【我们的矛盾】

你们真的很会挑问题。

虽然我说了那么多，似乎和夫人是永远和睦的一对璧人，但我想，这世上没有不曾吵过架的夫妇。我和夫人这些年来也小吵了无数次，只不过夫人比我聪慧，每次都能不动声色地化解我的恼意。

你送去的是满腔怒火，对方却迎面捧来清风明月，你想想，这架还怎么吵？

我们之间有过一次最严重的矛盾，若不是夫人处理得当，恐怕我们就会从此心生嫌隙。如今想来，这件事责任完全在我。

原因是这样的：我们成婚时已不再年轻，一转眼，夫人便步入了中年，青春年华不再，性子也难免愈发急躁起来。而我在官场侥幸混了个风生水起，听了朋友几句蛊惑，喝酒时竟看中了一个年轻的歌女，崔云英。

有朋友百般劝我纳妾，我心动了。

我揣着这个念头，又不好意思直接和夫人说纳妾之事，便写了首小词：*我为学士，尔做夫人。岂不闻王学士有桃叶、桃根，*

苏学士有朝云、暮云。我便多娶几个吴姬、越女无过分。你年纪已过四旬，只管占住玉堂春。

夫人冷静地看完了，冷静地把小词放回桌上，想必她心中已波澜翻涌，可惜我那时被美色冲昏头脑，竟还期盼地看着她（这是我一生求生欲最薄弱的时候了，我夫人居然没有当场锤死我，再谢夫人不杀之恩）。

夫人一句多余的话也没说，回《我侬词》一首。

尔侬我侬，忒煞情多，情多处，热似火。把一块泥捻一个尔，塑一个我，将咱两个一齐打破，用水调和。再捻一个尔，再塑一个我。我泥中有尔，尔泥中有我。我与尔生同一个衾，死同一个椁。

夫人心中款款深情，已从字句中溢出。

对我来讲，是一语惊醒梦中人，我在惭愧中打消了念头，立刻和崔云英做了诀别，从此再未见面。

一晃已过了这么些年，我身边早已物是人非，独自伏案写下这些文字，想起夫人当年的眼神，心中仍后悔不已。

惭愧，惭愧！

【地位问题】

有人问我，你在朝廷当那么大的官，你夫人毕竟只是个才女而已，你是怎么和夫人保持互相尊重，举案齐眉的？

才女而已？

你们可要知道，当年皇上册封我为魏国公，还册封了我夫人为魏国夫人。

我好歹是沾了祖上一点儿光，我夫人在这个对女性不太友好的时代，硬是靠自己的才华搞了个封号回来，你们说，我敢惹她吗？

哈哈，玩笑归玩笑，我觉得对女性的记载，尤其是我们这个时代的女性，往往是跟某个男子沾边儿的，你如果要看她这个独立的"人"，就要剥离她身边的男人，用独立的目光去看她。

【心动一幕】

这个问题问得我老脸一红。

夫人最令我心动的那一刹那，不是我揭开她红盖头的时候，而是我们俩都双双步入老夫老妻的某天。我虽官居一品，却处处受元人打压，心中积郁，随口与夫人抱怨："当这权臣，还不如辞官算了……"

夫人安静地听完我的牢骚，认真地注视着我："那便归隐，扔了这些浮名，我随你一同归隐。"

夫人是认真的，她还写过四首《渔父词》来劝我。

人生贵极是王侯，浮名浮利不自由。争得似，一扁舟，弄月吟风归去休。

有时午夜梦回，瞧见故人倩影，还时常想起夫人当年那一句相随。

我陪你。

对我来讲，这是最动人的一句情话。

我和夫人的故事，也就小叙到这儿吧。

【后话】

如今我已不再当官，安心归隐，每日靠回忆过活，颇有些寂寞。

---

① 《魏国夫人管氏墓志铭》。

至于我夫人现在如何，评论里已经有朋友看出来了，我夫人已经飘飘然回到天上，当她的仙女去了。

夫人陪伴我几十年，操劳成疾，一病不起，我当年急切地带她返回家乡，只可惜夫人没能踏上故土，便匆匆逝于舟上。

"盖是终身得老妻之助整三十年，一旦哭之，岂特失左右手而已也耶！哀痛之至，如何可言①。"

我日夜大哭，至今依然恍惚，遥想自己也步入迟暮，活一日少一日，便能早日与她团聚，也就不那么伤心了。

罢了，罢了！莫提伤心事，惹得老泪纵横。

仅以此帖，纪念亡妻。

沈宜修 & 叶绍袁

琴瑟和鸣的模范夫妻

文 / 拂罗

> 欢迎来到"模范夫妻问答"环节！

我们今天有幸请到了素有"琴瑟和鸣"之称的模范夫妻，他们是来自明代的沈宜修和叶绍袁！首先来介绍一下本次嘉宾的背景，镜头转向大屏幕——

沈宜修，江南才女，生于江苏吴江，作为文圈知名大大，才学功底扎实，性情温柔无争，是个佛系女子。

叶绍袁，天启五年间进士，家境富裕，与沈宜修门当户对，第一眼看见这位才女就被深深吸引，历经磨难终于抱得美人归。

让我们欢迎佛系夫妻嘉宾上台！请听第一个问题：

🎤 你们了解彼此的经历吗？未成婚之前你们都在做什么？

沈宜修：读书呀，我家世代都崇尚读书之风，不分男女，所以我自幼就读书，我想叶郎也是吧。

叶绍袁：对，我那会儿想考功名，也天天读书，没什么可说的。不过记得夫人跟我说过，她小时候……有点儿软包子性格，哈哈。

不愧是学霸夫妇，不过……包子？咋回事？我们把镜头对准大屏幕：

因为社会背景所限，沈宜修没机会上学，全都是跟着家人识文断字的，所以她惊人的文学底蕴还要归功于家族——沈家可是江南一带知名的文豪家族。族中无论男女老幼都擅长文学，写过文章出过书，有"吴江派"之称，实力惊人。

不过，即使是在大神云集的书香门第，沈宜修的文学天赋也算是靠前的，据说她四五岁就过目不忘，加上性格讨喜，深得家人喜爱。这也就是叶绍袁刚才说的，沈宜修自幼就性情温和，与世无争。

用咱们现代话来讲，就是很佛系的一个小姑娘。

她弟弟沈自征小时候特别顽皮，经常欺负姐姐，抢姐姐的零食吃，甚至还动起手来，但沈宜修从未跟他计较过。每次爹娘要揍弟弟，沈宜修最常说的一句话就是"弟弟还小，等他长大就好了"。

沈宜修的父亲立刻觉得这小丫头气度不一般，是个能干大事儿的人。

事实证明沈宜修说得没错，沈自征长大之后果然改了脾气，懂事了，沈宜修和他的关系十分融洽，沈宜修写了《鹂吹集》，沈自征便给姐姐提笔写下《鹂吹集序》，姐弟之间感情非常深厚。

在那个指腹为婚的时代，沈宜修算得上幸运，因为她十六岁时就遇见了值得托付终身的人，叶绍袁。当时叶绍袁是什么人？也是文圈大大之一，十七岁的翩翩少年。两人相亲时一交谈，发现从才情到三观都十分合拍，叶绍袁就立刻化作了夫人的小迷弟，说她"颀然而长，鬈泽可鉴"[1]。

他们俩是罕见的相亲相出真爱的一类人。

---

[1] 《王氏沈安人传》。

两人有多合适？连外表都有夫妻相，当时两人往那儿一站，俊男美女，被当地人称赞"琼枝玉树，相交映带"[1]，才子与才女的完美联姻，从此开启琴瑟和鸣的美好生活。

在场的女嘉宾已经羞得满脸通红，对我们的主持人嘟囔："提那些往事做什么？"

好吧好吧，我们问下一个问题。

🎤 *成婚之后婚姻状况如何？可遇到过什么阻碍？*

沈宜修：嫁入叶家之后自然事事顺心，我们时常一起吟诗作赋，叶郎一心读书考功名，我一度在旁指导。

🎤 *一度？那后来怎么不指导了呢？*

沈宜修：我……

叶绍袁：啊，宜修性子温和，不方便说，这个问题我替她答一下吧。其实我感觉对不起宜修，不仅因为我不太懂得操心家业，还因为我娘……你懂的，婆媳战争，唉。

沈宜修：娘也是好心，你莫这样说。

大屏幕中正播放着新婚不久之后，夫妻二人惬意生活的一幕幕。往往是叶绍袁作诗，沈宜修在旁边作答，讨论字句，好一番花前月下的美满场面。

夫妻二人沉醉于幸福之中，并未察觉到来自婆婆那一道不满的目光。

整天唱和作诗，你小子还要不要考功名了？

---

① 《列朝诗集小传》。

叶绍袁少年时父亲就去世了，他是由母亲辛苦养大的。儿子成婚后，叶母还操心儿子的一切事务，她生怕媳妇耽误了儿子考取功名，于是严令禁止沈宜修吟诗作画，不得展露才华。

这对于自幼长于书香门第的沈宜修来讲，无疑是晴天霹雳，这不是要把她所有的才情统统埋没吗？

但她忍了，小不忍则乱大局，还让即将考试的丈夫徒增烦恼，影响发挥。

沈宜修遵着祖上传下来的训导，家和万事兴，她不得不暂时放弃了自己最喜欢的东西，一心当个好媳妇，出入厅堂与厨房。但婆婆不仅不满意，还宣布了更荒唐的要求①。

叶绍袁当时在外地念书，偶尔才回来一次，婆婆居然禁止儿子随意出入媳妇的卧房。

总而言之一句话，你，给老娘用功读书去！你，别耽误他读书！

过分了啊，婆婆。

沈宜修表面上从未反抗过，她"矜严事之，每下气吞声柔声犹恐逆姑心"②，但那颗渴望文学的心一直在怦怦地跳，她聪明地换了一种方式练笔：叶绍袁在科举屡屡受挫，押不上考题，每次写完策论文章，都拿回家上交给老婆，请她过目修改，再讨论一番，这才满意。

除此之外，沈宜修还以一手漂亮的书法帮丈夫抄录知识点，可以说是神助攻了。

叶绍袁一次次地考，一次次地落榜，最后一次赶考，沈宜修戏写了一首诗来鼓励他"而今莫再辜秋色，休使还教妾面羞"③。

---

① 《亡室沈安人传》：君既婉婉太宜人左右，柔颜曼色……晨昏无少离……君因太宜人不欲作诗，遂弃诗。
② 《鹂吹集序》。
③ 《甲子仲韶秋试金陵》。

"夫人，夫人我中了，我中了！"

或许是有神助攻加持，叶绍袁终于中了进士，他欣喜若狂地回到家，沈宜修固然欣喜，却未失态，宠辱不惊是她一贯的处事态度。自夫君榜上有名之后，沈宜修重新拾起笔墨写文章，此时她已是官家人妇，叶母也实在没理由再管太多。

她渐渐开始为自己而活。

不过叶绍袁在官场仅仅待了三年，三年之间他心灰意冷，看尽这官场的不公，当时正值魏忠贤权倾朝野，叶绍袁实在无法容忍，毅然归乡，决心和家人在一起。

沈宜修只是微微点头，毫无抱怨地随他回乡归隐。

何况叶绍袁这官儿当的……的确不愉快，同样当官，人家赚钱他亏钱。在他当官时就因为不擅长打理家业，把偌大的田产全给变卖掉了，家中一度贫困。沈宜修把当年陪嫁带来的金钗卖了换银子，补贴家用，把叶绍袁感动得稀里哗啦。

"等来日我有钱，一定给你买更好的来报答你！"

沈宜修微微摇头："我都已经是你的人了，一家人谈什么报答不报答呢？"

有这段艰难岁月的磨砺，当年那个嫁入叶家的恬静才女，渐渐开始有了女主人的风范，这个家真正的女主人已不再是年迈的叶母，而是宠辱不惊的沈宜修。她将事事都打理得井井有条，维持着家业，还将儿女都教导得同她一般有才华。

长女叶纨纨、二女叶小纨，还有三女叶小鸾，都是当时知名的才女，尤其是聪明可爱的叶小鸾，深受叶家夫妻的喜爱。

🎙 所以打破阻碍的转折点，其实是归隐之后，对吗？

【沈宜修 & 叶绍袁】琴瑟和鸣的模范夫妻

叶绍袁：是的，在我决心归隐之后，我夫人便随我一同归隐，我们就像刚刚成婚时那样，过了相当幸福美满的一段日子。

沈宜修坐在他身旁，红着脸低下了头。

🎤 那么两位最得意的事情是什么呢？

叶绍袁：当然是辞官回家陪我夫人了！丈夫有三不朽，立德立功立言，而妇人亦有三焉，德也，才也，色也，几昭昭乎鼎千古矣，我夫人全都做到了①。

沈宜修：我最得意的事情有很多，但最欣然的事，还是用言传身教影响了身边的女性们，让她们也有兴趣读书写诗。

叶绍袁那句话相当出名，在男尊女卑的年代，他把男子和女子放在平等地位做比较，可以说是个宝藏文人了，归隐之后，在他的支持下，沈宜修终于能尽情地施展才华。

二人过着"幽居自萧洒，一枕莞花偏"②的日子，这样的环境彻底释放了沈宜修的文人天性。

当时久居江南的文人们都知道，叶沈两家的文艺女性们渐渐形成了一个文学圈子，互相往来唱和，如枝叶覆盖相交，好不惬意，而圈子正中央带起写诗热潮的人，自然就是才女沈宜修。

这是沈宜修最得意的事。

🎤 可以讲讲两位人生中最悲伤的事吗？

我们的男嘉宾罕见地沉默半晌，没有立刻开口回答。

---

① 《午梦堂全集》。
② 《秋日村居》。

沈宜修的笑容里带了几分苦涩：凄寒切，寸心百折，回肠千结。瑶华早逗梨花雪。疏香人远愁难说。愁难说，旧时欢笑，而今泪血[1]……在我人生中的最后三年，我的小鸾和纨纨都离我而去。

佛系佛系，与世无争，这是沈宜修一生的处世哲学。她时常会想，倘若自己当时骂了不懂事的弟弟，倘若成婚后反抗了婆婆，倘若……倘若她不忍，人生如今又会如何？

针锋对麦芒，人心生间隙，大局必亡，何况小家？

沈宜修其实也有反抗，她的反抗是藏在静水下的浪，她要打破女子无才的偏见，所以带领女眷们一同写诗，所以倾尽全力培养三个女儿。尤其是最有天赋的小女儿叶小鸾。小女儿可爱聪明，像自己当年一样过目不忘。

叶小鸾十六岁的时候，沈宜修想着女子应出嫁，早早地为她物色了一个好郎君，就像当年她将十七岁的长女叶纨纨嫁出去那样，沈宜修期望她们能早日步入家庭，过上和自己一样琴瑟和鸣的日子。

可是她的婚姻幸福，不代表女儿们的婚姻会幸福。沈宜修不知道的是，其实叶纨纨在夫家并不幸福，叶纨纨和丈夫是娃娃亲，双方根本不了解彼此的性格，婚后才发现他们是两类人，所以早已形同陌路。叶纨纨愈发悲伤，只能同三妹讲述自己的烦恼。

所以叶小鸾深深恐惧着母亲定下的婚姻，随着日期渐近，就在即将出嫁的五天前，她竟忽然死去了。

听闻妹妹的早逝，叶纨纨悲痛过度，也郁郁而终。

作为母亲，沈宜修美满的人生被"咔嚓"打碎了一个大缺口，她含着眼泪将女儿出嫁，却没想到迎来的是生离死别。

沈宜修第一次对自己中规中矩的处事之道产生了怀疑，是自

[1]《忆秦娥·寒夜不寐忆亡女》。

己错了吗？自己只想给女儿找一条像自己这样稳妥的路啊。

可无论如何，她都唤不回她的女儿了。

仅仅在三年后，沈宜修在无尽的眼泪与后悔中病逝，留下叶绍袁一个人，和剩下的孩子们过活。为了纪念与自己琴瑟和鸣的爱妻，叶绍袁写了一百二十首诗，来纪念亡妻。

他本就是恋家的人，所以才辞官陪伴家人，却不想她们都离他而去。当时又正逢朝代更换，家与国的哀伤交加，让叶绍袁愈发感到哀恸。

再后来，叶绍袁带着三子削发为僧，在寺中圆寂。

现场叶绍袁注视着妻子，慢慢地开了口："你平生最悲伤之事是失去女儿，我平生最悲痛之事……是失去你啊。"

夫妻久久对视，相顾无言，泪如雨下。

随着我们节目的结束，模范夫妇的一生也就讲完了。不难看出，幸福美满的家庭，离不开家人之间的智慧与付出，这才换来琴瑟和鸣的日子，沈宜修从一个新婚妻子成长为女家主，背后必定经历了无数委屈与容忍；叶绍袁辞官陪伴夫人，支持着夫人写诗的爱好，这才使得夫人重拾才华。

其中苦涩，深藏于心，但携手历尽千帆后，必定会有一番好景色，人生必定有不完美之处，但美玉缺口，依然是无价的玉玦。

让我们把时间留给两位嘉宾。

叶绍袁牵起沈宜修的手，从漫长的时光里走过，这一双璧人的身形渐渐垂老，他们的鬓发渐渐花白，步履渐渐蹒跚。

"走吧，夫人。"

他们互相搀扶着，慢慢地消失在尽头。

"趁时间还长，这一百二十首诗，我们慢慢地读，慢慢地读。"

陈芸 & 沈复

平淡爱情才是真

文 / 拂罗

沈复和陈芸的名字，在文学界其实不算陌生，读过《浮生六记》的朋友可能会印象深刻，他们夫妇简直把"有趣"这个词发挥得淋漓尽致——书里讲的就是沈复追忆自己和妻子的日常，狗粮一把把地撒，恩爱一次次地秀。

在沈复笔下，他们无论是行走坐卧，还是谈笑风生，都和"古代"这个充满礼教的词有点儿脱节。脱节到什么程度？女子大门不出二门不迈的时代下，陈芸想出去看灯，女子身份又不便出行，陈芸就女扮男装出去逛，沈复也大摇大摆地给老婆打掩护。

你看，又替他们撒了把狗粮。

可能有人见怪不怪，这有啥？思想这么开明，肯定不是普通人啊。那你可就猜错了，我们来看看沈复平生：沈复，字三白，清代文学家，大家都争先恐后考功名的时候，这位老兄没考，又画画又卖酒，啥都干。而夫人陈芸陪他过了二十三年清淡日子，陈芸病逝后，沈复心灰意冷四处旅游，从此行踪不明。

沈复的人生总结就是：小老百姓。

　　《浮生六记》其实是一对百姓夫妇的小确幸日常，似乎挺无聊，不就是撒狗粮吗？我可以负责任地告诉大家，人家这叫高级皇家狗粮。

　　"芸，我想，你是中国文学上一个最可爱的女人。"

　　林语堂先生被狂喂了狗粮之后，就曾捧着书，感慨了这么一句话。

　　我想，可爱的人不一定有趣，但有趣的人必定可爱。有人撒狗粮甜到腻，有人撒狗粮却让人百看不厌——这是两个有趣的灵魂相遇相知、相敬如宾的故事。

　　我们来讲讲沈复和陈芸的有趣之处。

　　沈复出生于文人家庭，这孩子从小就继承了诗人家庭的浪漫情怀，脑补能力特别强。根据他在书中自述，年幼的沈复最喜欢的事儿就是蹲在地上，观察一些大人不曾留意的细微东西，夏夜蚊子成群，沈复就把这些蚊子想象成飞舞的仙鹤，果然就看着顺眼多了。

　　沈复："娘，我被仙鹤咬了一身包。"

　　沈复他娘："啥？"

　　看得痴了，沈复就把这些蚊子留在蚊帐里，慢慢地点起白烟，一边看着这些蚊子绕着烟雾飞，一边痴痴地脑补出无数仙鹤腾飞云端的恢宏场面，如同仙境，好不惬意。

　　沈复他娘："啥？！"

　　幼年沈复的脑补能力不止于此，他还乐于蹲在小院里看虫子打架，把杂草想象成森林，把蚂蚁爬虫想象成巨兽，土块为山丘，凹陷为沟壑。有次沈复见二虫打架，看得入了迷，冷不防闯进来一只癞蛤蟆，把两只小虫全给吃了。

　　小沈复吓得"啊"一声，怒从心头起，一把抓住癞蛤蟆打了几十下，扔到别院去了。

癞蛤蟆：呱呱呱？

对于年幼的沈复而言，他拥有现实和幻想两个世界。现实里的沈复只是个怪小孩，他心里却有一个光怪陆离的美妙世界。沈复就这样渐渐长大，保留了这个属于"怪小孩"的爱好，乃至成年以后，他都十分喜爱四处搜集植物，摆成微缩景观来赏玩。

在旁人眼里，怪小孩长大就成了怪大人，所幸在沈复长大后，他遇到了另一个怪人陈芸。

陈芸是沈复的表姐，比沈复大十个月左右，十三岁那年，沈复随母亲回娘家，与陈芸熟悉起来，两个少年人常常一起玩。沈复曾偷偷跟母亲说："以后要是我娶妻，非姐姐不娶！"

沈复他娘露出了"我懂的"表情，立刻把自己的金戒指摘下来送给陈芸，当作定亲信物。

最幸运莫过于双向爱恋，陈芸也窃喜地收下了，想到以后就要嫁给他啦，心不禁怦怦直跳。

在古代，近亲结婚其实不是什么稀罕事儿，所以这群亲戚朋友都纷纷露出老姨母笑。沈复长大了些，有次再回娘家给人送亲，回来已经是半夜三更，当时他饿得两眼冒光，四处找吃的，陈芸就悄悄牵起他的衣角："嘘，你随我来。"

沈复随陈芸回到闺房，原来她悄悄藏了热腾腾的小菜和粥给自己，不禁心头一暖，刚举起筷子要吃，陈芸也正笑盈盈地看着他，门外传来陈芸堂兄玉衡的声音："小芸快出来！"

陈芸慌慌张张地关上门，嗔道："我困了，我要睡了！"

玉衡是个十足的电灯泡，居然从门缝挤过来了，沈复正好要吃粥，玉衡的脸上立刻出现"老妹我懂你"的笑容，戏谑道："我说方才我跟你要粥吃，你说没有呢！原来是偷偷藏起来招待你的

【陈芸 & 沈复】

小郎君呀！"

外面众多亲戚听了，也都哈哈大笑。

陈芸羞得满脸通红，她索性把气都撒在沈复身上，从此很长一段时间，沈复再过来找她，她都赌气不见。

可爱的少年时光转眼就过去，沈复终于迎娶了心爱的表姐，双向恋爱修成正果。洞房花烛夜，沈复领着婢女走进新房，以为陈芸早已就寝，却见她不知从哪儿找到一本《西厢记》正看得入迷，忘了就寝，沈复就坐在她身旁，开她的玩笑。

婢女困得睁不开眼，沈复就打发小（电）婢（灯）女（泡）离去，红烛灯影里便只剩下二人相视的笑容，看着陈芸动人的笑容，沈复缓缓俯身，在她耳畔轻问："姐姐的心，为何跳得这样快呢？"

这一幕恰有老舍先生笔下的神韵："这世上真话本就不多，一位女子的脸红胜过一大段对白。"

婚后二人的生活状态，岂止是"融洽"能够形容的？就连共处一个宅子里，见对方起身去别屋，都要牵着手问一句"你去哪呀"。起初小夫妻还有些不好意思，后来也就慢慢习惯了，大摇大摆，恩恩爱爱。

吃瓜群众：嗝儿，别喂了，吃不下了。

狗粮撒够了，话题绕回来，为什么林语堂先生会称赞陈芸是"最可爱的女人"呢？和寻常的古代女子比起来，陈芸究竟有哪些可爱之处？

陈芸的可爱，在于她柔弱身躯下的灵魂，极具个性，陈芸眼中是青莲居士的仙诗，是磅礴的江河湖海。沈复曾与她讨论过各位诗人，末了，他问陈芸："例如李白和杜甫，你喜欢哪个呢？"

陈芸："杜甫风格精练，李白风格潇洒，我要选李白。"

沈复笑："那么多学写诗的都选杜甫，怎么你要选李白呢？"

陈芸不假思索地回道："杜甫的诗自然严谨，可李白的诗句却像姑射山的仙女，所以我更喜欢李白。"

后来陈芸与沈复同游太湖，看见一望无际的山色，潋滟的湖光，陈芸的心中顿时涌上一股豪情："这就是太湖风光吗？今日见得天地高远，也不枉此生了！多少闺中人终生不能走出家门，见上一见呢！"

陈芸对美景十分向往，有次沈复受友人邀请去逛庙会，见人群接踵，花灯连天，回来与陈芸讲这些，陈芸听得直叹气："只可惜我一个女子不方便去啊。"

沈复脑袋上面冒出个小灯泡："你干吗不穿我的衣帽乔装成男子去呢？"

陈芸心花怒放，当即打扮成一个翩翩少年郎随沈复出行，半路见人多，有些胆怯："不然我不去了吧？被人家看见不妥。"

沈复怂恿她："你看，我娘她也不在，今晚没人管着你，我认识的人多，就算被他们看见又能如何呢？"

陈芸觉得有道理，开始痛痛快快地玩儿，以至于有些开心过度，忘了自己还是少年郎身份，居然上前跟认识的女眷打招呼。打招呼不要紧，她还把手放在了人家少妇的肩膀上。

少妇自然大怒，扯着她怒吼："哪儿来的登徒子！"

"咳咳。"沈复连忙打圆场，"嫂嫂，这是我远房表弟……"

话说到一半，陈芸大抵是觉得再闹下去没必要，忽然一把扯下帽子，秀发垂落，证明自己是友军阵营："姐妹，我也是女子啊！"

众人惊呆了，随后倒也开开心心地和她一同玩儿去了。

沈复目瞪口呆，当时他的内心 OS 必定是：我老婆好威武哦。

还有一次沈复与陈芸出行，半路偶遇一位歌女，视为知己。三人在船上嬉笑喝酒，分别以后，不知何处起了谣言，说沈复竟

【陈芸 & 沈复】

平淡爱情才是真

在船上和两个乐妓谈笑风生。

有位女性朋友听了消息，紧张兮兮地问陈芸："这是真的吗？"

陈芸笑答："对，是真的，其中一位还是我呢。"

比起旧时代的其他女子，陈芸是很不同的，甚至有些叛逆，她属于女子的身躯里，其实藏着一个簪花带酒的青衫少年郎。古代和现代有很大不同，很少有女子能极具个性，因为妻妾多是男子的附属品，纵然白居易、元稹那般的大文豪，也很少把女性当作真正平等的知音。

而这些男子往往更喜欢与同性唱和，他们认为这是独立的灵魂遇到另一个独立的灵魂，是日月的相遇，不是女子可比的。但陈芸对于沈复而言，也是值得尊敬的独立灵魂，这在古代是非常难得的。

沈复十分珍惜这个知己好友般的妻子，平时聊天谈笑、高谈阔论说个没完，说起情话来，也是句句撩人。

沈复偶尔惋惜："可惜你是女子之身，你说说，你要是能变成男子该多好，咱们俩一起去名胜古迹，四处游玩该多好。"

陈芸撇撇嘴："这有何难？等我两鬓斑白，虽然不能陪你走太远，但也照样能陪你去不少地方。"

沈复笑："恐怕到时候你都走不动喽。"

前方高能，虐狗注意。

陈芸眨眨眼睛，缓缓道："今生做不到，那就许来生。"

沈复点头："来世你当男子，我做女子陪你。"

陈芸被逗笑了："哎呀，只有不忘了这辈子，下辈子才更有趣呀。"

"你想想，咱们连小时候那一碗粥都谈到现在，要是下辈子新婚之夜，能谈起这辈子的时光，你我恐怕都不用合眼喽。"沈复也笑。

两人值得促膝长忆的事，又岂止当初那一碗粥呢？

沈复是个怪小孩，他此生最大的幸运，就是能有人知他、懂他，与他一同做喜爱之事，看见他"七分现实，三分妄想"的美妙世界。纵然在旁人眼里甚无趣的石头，也能被陈芸捡回来，收拾收拾摆成好看的微型景观。插画、燃香、吟诗……生活的乐趣真的太多太多了。

何其幸运啊，有多少人高处不胜寒，多少人独上高楼，在这个充满风霜的真实世界，有人能款款步入你的理想国，与你一同支撑起这三分浪漫，抵挡住余下的七分风霜。

人间有味是清欢，你我一同识得这句话的韵味。

余下的七分风霜，又是如何呢？

《浮生六记》书名出自李白的诗"浮生若梦，为欢几何"，若梦若梦，对于沈复来讲，这二十三年的岁月就像一场梦，所以提笔写下此文以纪念陈芸。六记分为：闺房记乐、闲情记趣、坎坷记愁、浪游记快、中山记历、养生记道。从目录就可以看出，前两记是与妻子的日常见闻，第三记是记家中的不幸。

这世上又有哪有十全十美的幸福呢？只不过是有趣的人看待日子也有趣，无趣的人看待日子也苦闷罢了。脱离理想国，从现实角度讲，沈复陈芸夫妇在外人眼里其实不可理喻，也自然有各自的缺点。

例如夫妻两人常常倾尽家产借钱给他人，又被人嘲笑。例如沈复的弟弟骗陈芸做担保，借了高利贷又无力偿还，还对父亲撒谎说是陈芸陷害自己，沈父沈母大怒，从此将夫妻俩赶出家门数年，终日惶惶地躲着债主。又例如陈芸一直想为丈夫纳妾，千辛万苦相中了一个叫憨园的小歌妓，说定了媒约之后，被陈芸视如小妹的憨园却跟了别的人家。

——对于陈芸此举有诸多推测，有人说陈芸骨子里多少有些旧时代的封建，有人说陈芸是太爱夫君，想把最好的都给他，众说纷纭。所以《浮生六记》此书，有人爱不释手，有人弃如敝屣。

其实啊，好坏观点皆不算错，书中之事毕竟是历史，没有绝对的对错。

话绕回来，陈芸觉得憨园背叛了自己，竟从此落下心疾，经常在深夜痛呼"憨园为何背叛我"，后来夫妻俩家境日渐落魄，债主又找上门来，二人不得不趁夜跑路投奔朋友，陈芸本就患有血疾，竟没多久就离世了，去世时才四十一岁。

因年轻时许诺过来世之约，陈芸在弥留之际已说不出句子，只是不断流泪念着"来世""来世"，在沈复的怀抱中慢慢合眼。

沈复在书中写，他当时是"孤灯一盏，举目无亲，两手空拳，寸心欲碎，绵绵此恨，曷其有极。"

他梦中的理想国终于"咔嚓"裂开一条缝，吹进白茫茫的风雪，沈复站在风雪中，回顾自己这些年的生活，是每日吟诗作对，沉浸于高雅乐趣当中，从未耐心持家，也从未看清家中已一贫如洗。

摧毁一个现实者的办法是让他沉沦美梦，打碎一个诗人的办法则是让他看清现实。

后来到了"回煞之日"，请道士作法，传闻亡人魂魄会被引渡回家看一看，生者设下酒宴后需回避，沈复却守在房中不肯回避，只盼陈芸的魂魄与自己相见。风吹火烛，烛光如豆，沈复恍惚以为亡人归来，双腿颤抖想要唤外人进屋，却立刻想到陈芸魂魄脆弱，会被阳气冲撞，便一人在屋里唤陈芸，烛火复燃方休。

陈芸逝世后，第四卷浪游记快便是记载沈复独自远游的事，浮生六记，后两卷其实早已丢失，实在不能算是沈复的作品。

而前两记，因是沈复晚年时所追忆，所以描写夫妻欢乐场景之后，偶尔总会穿插些凄凉的叹息。陈芸逝世后，沈复悲痛之下写了一句话：

奉劝世间夫妻，固然不可彼此结仇，却也不要过于情深啊。

纵观沈复夫妻此生，与家国大义没有分毫关联，只是寻常百姓的欢乐与凄凉，也终究如一阵微风合上书页，随着沈复的逝去而落幕。《浮生六记》一度被埋没在书海中，沈复与芸娘辞别人间的六十年后，到了光绪年间，它在某个旧书摊被一个叫杨引传的文人拾起，这才广为传开，流传至今①。

所以我们才得以重拾儿时的烂漫，如同年幼时的沈复，于蚊鸣中看见白云群鹤，于坑洼中看见高岭丘壑，于平淡之中体会人间清欢。

我们也终究会仗着三分少年侠气，一路披荆斩棘，在长剑生锈之前，得以品遍万物最有趣的模样。

---

① 《杨引传序》：《浮生六记》一书，余于郡城冷摊得之，六记已缺其二，犹作者手稿也。

"山有木兮木有枝，
心悦君兮君不知。"

出处：《越人歌》。

故事：春秋时期，楚王有个弟弟名叫鄂君子皙。有一天，他登上雕刻精美的木船到河中游玩。撑船的是位越国人，越人十分钦慕鄂君子皙，便抱着木桨用越语唱了一首短歌。鄂君子皙让人将这首歌译成了楚语，听后甚是感动，按照楚人的礼节，双手扶了扶越人的双肩，又庄重地把一幅绣满美丽花纹的绸缎被披在他身上。

"若似月轮终皎洁，
不辞冰雪为卿热。"

出处：纳兰性德《蝶恋花·辛苦最怜天上月》

故事：纳兰性德与妻子十分恩爱，只可惜妻子早逝。一天夜晚，因思念过度，他梦到妻子身着素衣来见他。妻子哽咽地牵着他的手，两人说了许久的话。醒后纳兰都不记得了，只记得在临别前，妻子念出了一句"衔恨愿为天上月，年年犹得向郎圆"。后来纳兰以"若似月轮终皎洁，不辞冰雪为卿热。"答之。倘若你是那一轮明月，就算月中寒冷，我也一定会去温暖你。

"玲珑骰子安红豆，
入骨相思知不知。"

出处：温庭筠《新添声杨柳枝词二首》

故事：一位女子深切地叮嘱即将远行的丈夫：虽然不能与你同行，但我的心却牵挂着你，切记要早些回来，不要误了归期。手中玲珑骰子上的颗颗红点，都是最为相思的红豆。你知不知道那深入骨中的就是我对你的相思意。

"死生契阔，与子成说。
执子之手，与子偕老。"

出处：《国风·邶风·击鼓》

故事：春秋时期，一位士兵被征召入伍。战鼓被敲得震天响，军营里的士兵们都在忙着练武，而他却跟着统领赶往南方的战场。路途漫漫，哪里可以停歇？战马跑掉了，他一路寻找，没想到战马已经跑进了森林。他想起和战友立下生死不离的誓言，一起携手上战场。可叹两人相距遥远，没有办法再相见。

皇上向你发出
好友申请

文/青崖白兔

李亨 & 李泌 神仙宰相与苦情太子二三事

李隆基去世之后不久，李亨便随他而去了。

消息传来的时候，李泌并不意外。他正在山间看云。

山中何所有，岭上多白云。只可自怡悦，不堪持赠君。

安史之乱以来，李泌在李亨身边辅弼，助他戡平叛乱。两京收复之后，李泌却执意归隐，不愿再居庙堂。

或许李亨看得懂，当时的朝局确实容李泌不下；又或许是因为李亨太懂李泌，知道归隐山林之间才是他的本心。总之，李亨答应了他。

李亨为他在衡山的山间造庐。

看云的时候，李泌便在庐中，檐下。

彼时，李泌道法早成，绝弃烟火，已经无限接近于一个真正的仙人。然而山居岁月，偶然的回忆间，李泌或许也曾想起过那些戎马倥偬的时候。

——我常常想，住在你为我建造的房子里，却不能将这山间的风景给你看。不过如今，你也成了这白云中的一朵。

李泌早就知道，李亨不会太长命。

唐玄宗李隆基以一己之力搞垮了大唐，李亨是他的第三个儿子。李亨的生母杨氏身份不高，怀着李亨的时候，李隆基还是太子。当时，李隆基正与太平公主关系紧张。由于担心自己因耽于女色而遭到弹劾，甚至连堕胎药都准备好了。只不过到了最后，李隆基思来想去，又没能舍得。

然而，这已经奠定了李亨一生抑郁纠结的底色。他幼年即被封王，却不曾潇洒过一时半刻。李亨在复杂的宫廷斗争中养成了稳重沉默的性格。至于他的两个哥哥废的废死的死，而他这个老三，作为李氏子孙，全没有几位先皇那般广阔的胸襟和强硬的才干。盛世摇摇欲坠的天幕下，他只是，也只能保持他的周到持重。他看得太多，也承受得太多。就连李隆基这个做父亲的，都要感慨他的鬓发早白。

与李亨相比，李泌的人生逍遥得过分。有人说他根本就是神仙。据传说记载，李泌小时候身子轻，能站在屏风上。有道之人懂行，说这是仙人根骨，这位小公子十五岁便要白日飞升。李家人听到这个说法吓得不轻，甚至往天上泼蒜汁驱赶神仙。

李泌七岁能文，深通黄老之说。受玄宗召见，后来又跟张九龄成了好朋友。那个时候张九龄是宰相，李泌不过是个臭小子。张九龄在朝中跟严挺之、萧诚交好。严挺之看不惯萧诚为人谄媚，想让张九龄跟萧诚断绝往来。

遇到这样的事，张九龄回到家里自言自语道："严挺之这种性格太刚硬，让人难受。还是萧诚这种软美的性格让人喜欢。"旁边的李泌听见这样的话，立刻道："哦，原来您起于布衣，一路正道直行地做到宰相，是因为喜欢这种软美的性格。"一句话不动声色却让张九龄顿时知错。此后，张九龄叫他"小友"。这不是忘不忘年交的事，那个时候的李泌太小了，根本还是个孩子。

天宝十载，李隆基召当时正在山中修仙的李泌做翰林待诏，侍奉东宫。这便是李泌与李亨的第一次相见。这一年李泌才二十九岁，而太子李亨已经四十岁。但是名义上，李泌可以算是李亨的老师。这一次他们待在一起的时间不算太长，不久之后，李泌就被杨国忠以讽刺朝政之名搞到了湖北蕲春。

李泌虽然此身常在凌寒高处，却实在没有什么功名利禄之心。他离开帝京，便继续做他的神仙去了。

然而，此一去隔山隔水。谁又能想到再见时已是乾坤倒悬。

天宝十四年十一月初九，安禄山起兵范阳。禄山乘铁舆，步骑精锐，烟尘千里，鼓噪震地。繁华图景一朝倾覆。叛军攻破潼关，李隆基北逃。李亨抵御叛军，匆忙之间，遥尊李隆基为太上皇，在灵武称帝。

风雨飘摇中，李亨思念起李泌这位年轻的老师。他将隐居的李泌请出了山。此时的李泌越来越像仙人，他既不要高官，也不要厚禄，更不要女人。李亨也只得由着他，给了他一个银青光禄大夫的散官，日日称他先生，爱敬备至。

大唐王朝从未经历过这样的动荡，李亨一人，不足以应付。好在，他的身边有李泌这个白衣卿相。自那时起，李亨与李泌开始了一生亲密的友谊。他们寝则对榻，出则联镳。乃至于有人说：你看啊，天子的辇舆里，穿黄衣服的是天子，那个白衣飘飘的，便是神仙李泌。

如今，李泌回想起那个时刻的心情，动荡困苦里，一切都还有希望。

这位曾经的太子、如今的皇帝，鬓发早白、容颜憔悴，却对他和国家，有一颗赤诚的真心。

那时候，明明那么难，如今想起来，竟然是会笑的。

李泌想起，有一次夜里，李亨嚷嚷着要吃夜宵，喊了几个王爷弟弟一起烤串。李泌是仙人体，少吃烟火食，更不肯吃肉，便陪着李亨坐在一边。李亨见他抄着手不动，心中便有些过意不去。他说："先生，你不吃肉，吃梨子总是可以的。大家烤肉，我给你烤两个梨好不好？"李泌原以为他是开玩笑，谁想他真的撸起袖子，在火盆上烤起了梨。

或许是吃完肉之后，烤梨子的香气闻起来别有滋味，又或许颖王爷有些恃宠而骄，总之呢，他对李亨说："大家①，你就把这梨子赏我吧。"谁想到李亨一点儿面子都不给，他说："你们已经吃了那么多肉，而先生断绝五谷，也就只能吃个梨子了，你们不许抢。"

颖王大笑李亨偏心，说："这样好不好，你有三个弟弟在这里，我们这三个弟弟加起来，只要一颗梨子，剩下一颗给先生，这样总行吧？"

谁想到，饶是如此李亨也只说："去去去，一边去，那边一筐梨，你们自己烤去。"

最后的最后，几个王爷一口梨也没吃到。他们既无面子也无脾气，更毫无办法，只好作诗联句，把李泌和皇上李亨一起黑上一黑，才解了心头之恨。他们写道：先生年几许，颜色似童儿。夜抱九仙骨，朝披一品衣。不食千钟禄，惟餐两颗梨。

他们一颗梨子都没有吃到，却像吃了一筐梨子那么酸。

只是，这样的好时光，太少太少了。一路走来，李亨都有些位高于才的疲惫。有的时候，人太累，便管不住自己的心。

① 后妃近臣对皇帝的称呼。

李亨储君生涯的不如意大多是奸相李林甫制造的。那些年，李亨不知被李林甫构陷了多少回，连着李泌一起被折腾进去。那些怨恨在李亨心中徘徊，久久不去。李亨即位后，打算将李林甫的尸骸挖出来，再烧一次，挫骨扬灰。李泌在旁边听着，久久不言。李亨让李泌表态，李泌说了这样的话："如今您已经贵为天子，却不能以宽广的胸怀治理天下。如此念及旧恨，那些投靠叛军的人，恐怕会因此失去改过自新的想法。"

——李泌，你听听你自己说的话，你是不是也太像个神仙了？

李亨委屈。他质问李泌："你难道也忘了过去的那些事情了吗？"

李泌当然不会忘记。

——我怎么会不知道你的感受呢。但是我更知道，如今你已经是一朝天子，莫说是群臣百姓的喜怒哀乐，就算是自己一身的喜怒哀乐，同样不能听之任之。

于是，李泌接着说下去："上皇①治理天下五十年，如今一朝失意，病居四川。他老人家已经年迈，加之蜀地多湿，气候恶劣。你将李林甫挫骨扬灰不要紧，这件事情若是传到他老人家的耳朵里，您是让他怎么想呢？您这样做，是想让他知道您心中仍然有恨意，还是想用这种方式告诉他，他老人家当年用错了人？他是您的父亲，若是听到这样的消息，身体变得更差了，您这位富有天下的天子，又该如何安养亲人呢？"

李亨哭了。他抱着李泌的脖子啜泣："先生，朕没想到这些。"

贵为天子又如何，他险些酿成大错，可他的恨意注定无所排解。

安史之乱后期，叛乱平定在望，李亨对郭子仪、李光弼等人

---

① 指李隆基。

大加封赏，却实在不知道要赏李泌些什么。李亨问李泌："等你立了大功，我该怎么赏你呢？"李泌只说："我是修道之人，功名利禄身外之物，我不要你赏。等我们打回长安，你就让我在你的腿上睡一觉。到那个时候，钦天监的人夜观天象，看见客星犯帝座，我就觉得心满意足了。"李亨哈哈大笑，也没说行，也没说不行。

那一会儿，李泌还真的以为李亨终于学会了在自己面前卖弄天子威仪。

后来，大军行至保定。李泌记得那个时候自己觉得好累，便不打招呼地回到自己房间里休息。他没想到，就在这时，李亨悄咪咪溜进他的屋子，捧着他的脑袋放在自己的膝盖上，大气不敢出，任由他睡了长长的一觉。李泌终于醒来，被眼前的皇帝吓了一跳，腰酸背痛的李亨却乐呵呵地说："你看，我的腿已经给你枕过了，你什么时候给我打回长安去呢？"

——李亨，我早已帮你打回了长安。如今，是你死在长安了。

送信的人在庐外垂手，李泌只看这山间白云，聚了又散，散了又聚。

新帝登基，同样需要他。

他知道，自己将重入红尘。

李亨之后，李泌又侍奉过两朝帝王。只是开元盛世难在，而那个任凭他把自己的脑袋枕在膝盖上呼呼大睡却不忍吵醒他的人，也同样不会再回来了。

文／望城叽

李世民 & 魏征

你是我的明镜

我，名叫魏征，天生说话直，不好惹。虽然我成长在乱世中，但我自小刻苦求学，希望能遇到明君，彰显一身才能。可天不遂人愿，我好像自带毒奶属性，凡是我跟过的主公一个个垮台，去过的公司也纷纷倒闭……

我的第一份求职信是递给武阳郡一个名叫元宝藏的地方官。宝藏老板最近起兵造反，跟了一个叫李密的反派头头。他见我文章写得不错，经常让我负责起草奏疏。

写奏疏对我来说简直就是小菜一碟，什么歌功颂德、引经据典、真情实感全都不在话下。由于我的文章天赋太过耀眼，反派头头李密居然看上了我，顺利将我纳入麾下。

本来我还挺开心的，这个李密可是大名鼎鼎的瓦岗寨一把手啊！我的才华终于有机会施展了，于是兴致勃勃写了十条计策献了出去。

魏征："今天给老板私信了，不知道意见会不会被采纳，紧张，激动。"

"叮！"您的邮件已被【密老板】拒收！

魏征：怒摔手机！

虽然生气，但辞职是不会辞职的，这辈子都不会。就算老板李密因为打了败仗，降了更为强大的李唐，我还是怀抱着信心，一定会遇到一个能让我施展抱负的明主。

可厄运再一次在我身上降临，我在黎阳出差的时候，被一个名叫窦建德的起义首领给俘虏了……

我本来是主动请缨准备在山东地区大展拳脚的，谁知道半路杀出个拦路虎！我很生气，但这位窦老大似乎很看好我的文笔，让我当上了起居舍人。

嘿嘿……有工作总比没工作强吧！虽然起居舍人官不大，每天的工作就跟秘书差不多，负责记录窦老大的日常生活和国家的大事，但官再小也是官嘛，说不定我之后能大展拳脚呢。

Flag 还没立就倒了。没多久厄运再一次降临，公元 621 年，一条消息传遍大江南北：河北窦氏公司倒闭啦！窦老板带着士兵被抓啦！所有人才便宜卖，不要钱，通通不要钱！

我拿笔的手一抖，又一次当了俘虏。秦王李世民打败窦老大，我又重新回到了李唐的怀抱！

什么，你问我怎么还不辞职？笑话，我魏征一身才华，走到哪都吃香好嘛！这不，大唐太子李建成让我去当他的洗马！

敲黑板，我的这个"太子洗马"可不是给太子的马厩洗马，而是教导太子政事和文章道理，相当于老师了哟！我就说嘛，是金子总会发光的。

我对这一任老板甚是满意，他虽然身份地位高贵，但特别尊重我，给我的工资待遇也格外好，看来跟着他准没错了。老话说得好，做人要厚道。老板待我不薄，我总得回报些什么。

于是，我做出了一件令我日后头秃不已的事情！以我的深谋

【李世民&魏征】你是我的明镜

远虑，早就看出来秦王李世民在声望和功绩上远远胜过太子，这是一个大大的隐患。我怀着一片忠心，语重心长地对李老板说："老板啊，长点心吧！小心你弟弟，别让他超过你啊。"

太子点点头："嗯嗯，我马上去拿军功。"

于是太子李建成斩杀叛军首领刘黑闼[①]，达成【军功点100】。

可转头再看秦王李世民【军功点10000】。

魏征："这根本不是一个层级的好嘛！老板你快把你弟调走，或者先下手为强弄死他啊！"

太子："可是，他是我亲弟弟啊。"

于是，李建成老板成功"下线"。

公元626年，秦王李世民发动"玄武门之变"，杀太子和齐王，逼李渊立自己为太子，翌年登基，改国号为贞观。

这不仅是大唐重要的节点，也是我魏征一生的转折点。

魏征：老天爷啊，你个黑良心的，我的命怎么这么苦啊！

老天爷：别喊啦！喏，你的机会来了，就看你能不能把握了！

果然该来的总是要来，没过多久掌权人李世民召见了我。与其说是召见，不如说是兴师问罪。

但我是谁？天下第一耿直魏征，带垮五家公司的天才员工，这点小场面我还是hold得住的。

那天是我第一次这么近距离地接触这个改变我一生的帝王。以前便听说他年少从军，带兵如神，现在看来他明明年纪尚轻，

---

① 《旧唐书·李建成传》：魏征谓建成曰："殿下但以地居嫡长，爰践元良，功绩既无可称，仁声又未遐布。而秦王勋业克隆，威震四海，人心所向，殿下何以自安……"建成从其计，遂请讨刘黑闼，擒之而旋。

却已有了帝王的霸气和杀伐果断，这应该也是在常年行军打仗中形成的吧。

在冰冷的宫殿中，他身居高位一脸威仪地质问我："你为什么要离间我们兄弟俩？"

这，一来就给我扣这么大帽子，也不能怪我啊，在其位谋其事嘛。我心中既有憾又有怒，忍不住回道："太子如果早些听了我的话，必定不会落到这般下场。"

原本面色不悦的帝王听到我的回话，居然脸色缓和了下来。

李世民心想："这人敢说实话，好耿直，我喜欢。算了还是别砍了，留下来写写文章也是好的。"

魏征缓缓舒了一口气，摸了摸发凉的后脖颈。

俗话说，好运来了挡也挡不住。没想到连抽5个N卡主公的我，终于迎来了李世民这个SSR（超级稀有卡牌）。

自从有了那次灵魂质问后，最近我发现皇上找我的次数越来越多，有几次甚至将我宣进了寝殿。咳咳，别瞎想。是因为太上皇退位，皇上刚登基，国家又百废待兴，所以有很多政事要询问我。

皇上好像很喜欢我这种说话耿直、不屈不挠的性格，每次我的分析和建议他都欣然接受。这一度让我怀疑自己是不是拿错了剧本，甚至有些受宠若惊。渐渐地，我觉得这位大 boss 好像不只会带兵打仗，对于治理国家也很有一套。他不仅懂我的思想和见解，更愿意倾听并采纳。

于是，我倾尽所学，每次被问及政见，我必知无不言，言无不尽。那天，我刚进言完，便见皇上一脸欣慰地对我说："爱卿啊，你辛苦了。朕看你前前后后进了两百多件事，如果不是真心对待朝廷，怎么会做到如此地步！"

我当时心中有些酸楚，但更多的是兴奋和喜悦。我找了大半辈子，终于找到了那个知我懂我的明主。我魏征余生愿意为他、为这个国家肝脑涂地，开创一个前所未有的盛世。

魏征："咦，皇上，您夸完就没了吗？是不是忘了什么事？"

李世民："啊，对，给爱卿涨工资，升个职！"

魏征："哇！尚书左丞，正四品，吾皇万岁！"

自从升官后，我对我家皇上越来越死心塌地了，不仅前去河北安抚前太子旧部，还主动请缨带领专家学者把古籍进行了分类整理。皇上也越来越信任我，不断给我升官。毫不羞涩地说这几年我已经成功打入朝廷，摇身成为皇上身边的红人了。

吃瓜群众（好奇）："所以到底有多红？"

魏征（傲娇）："这可不是简简单单几句话能描述清楚的。"

吃瓜群众掉头就走。

魏征："别走啊，我长话短说还不成吗？"

如果问我有多红，直接问我的两位同僚就好了。他们一个叫皇甫德参，一个叫王珪。

皇甫德参本来只是一个小县丞，地位在县里也就是个二把手，因为性格耿直，敢怒敢言而被大家所知。这些年，皇上不知道抽哪门子风，要重修那劳什子洛阳宫，不仅大兴土木、劳民伤财，而且就连当地的地租也涨得吓死人。

没办法，皇甫德参看不下去了，一纸文书告到了最高领导人——李世民那儿！

【原告】：皇甫德参

【被告人】：李世民

【所告事情】：李世民不仅不顾老百姓死活，还不管宫里戴假发的歪风邪气。

李世民（否认三连）："朕没有，你瞎说，这是毁谤！"

魏征："皇上息怒，您想想贾谊给汉文帝进言时所说的话，自古以来言官为了能让皇上引起重视，都会言辞激烈，所以才会像是毁谤。可是您再冷静地用脚指头想想，皇甫德参说的是不是对的。"

李世民（一愣）："是哦，爱卿说的好有道理。来人，赏皇甫德参。"

皇甫德参（吐血）：皇上，您刚刚可不是这个样子！

事实证明，皇上并不是谁的话都会听，但对于我的谏言却格外能接纳，我想应该是欣赏我吧！

叮～您的好友王珪向你扔了一块砖头，并退出群聊。

王珪："大家好，我是礼部尚书，我觉得皇上太偏心了。有一次，我跟皇上进言，说三品以上的官员遇到亲王要下车表示尊敬，这条规矩不符合礼法。但皇上居然护短，说你们大臣身份尊贵，难道他儿子就不尊贵，要被轻视吗？"

王珪："我……"

魏征："哎呀，皇上怎么还是喜欢一来就给人家扣帽子，来来来，让我来劝。"

魏征："皇上，自古以来三公的品阶就比亲王要高，再说现在的三公都德高望重，亲王也承受不来这个礼节吧。而且你去史书上找，肯定没有记载这种礼节的事儿，更何况这还和我们国家的法律相违背。"

李世民："可是地位不在于是否年长，如果没有太子，亲王就会补上空缺，所以不能把我儿子看轻咯。"

魏征："皇上，不一样啊，殷商时期是因为老祖宗质朴，所以才有兄终弟及这个传统。自周朝以后都是嫡长子继承制，这样才能杜绝祸患啊。此事涉及君王，须得慎重。"

皇上想了想，最终妥协顺从了王珪的提议。

王珪："（默默擦泪）皇上就是偏心，还送佩刀给魏征，哼！"

事情是这样的。这次劝谏没过多久，皇上就得了个大胖孙儿，开心得不得了，不仅大赦天下，还要在东宫举办宴席。

那天大殿中热闹非凡，凡是五品以上的官员都在。一片觥筹交错中，大家言谈甚欢。或许是皇上太开心了，又或许是见到这番情景感慨之情油然而生，居然解下自己身上的佩刀说道："贞观之前，一直都是玄龄陪着我平定天下。贞观之后，全心全意对我，敢于顶撞国君直言劝谏的却只有魏征一个人。就算是古代名臣，也比不上他俩。"

说完，他便将佩刀亲手交给了我和房玄龄。

我不知道老房当时的心情如何，但我的手微微有些颤抖，仿佛接过的不是佩刀，而是一颗炽热的心，一份渴望已久的荣光。

我说过我会为这个国家肝脑涂地，开创一个前所未有的盛世。可我没有期盼能获得奖赏，毕竟我说的都是些触怒龙颜的话，保不齐哪天皇上不开心就下令杀了我。

说实话，我有时候对皇上真的很严格，朝廷中甚至有人说皇上怕我。其实我那都是为了皇上好，为了江山社稷好。

有一次，皇上最宠爱的长乐公主要出嫁。当时有官员提议：既然是皇上最爱的女儿，在嫁妆和礼数上可以在永嘉长公主的基础上翻倍。皇上一听高高兴兴地就答应了。但这不符合礼制，永嘉长公主是长乐公主的姑姑，礼数上不能被逾越。听了我的劝说，皇上又默默将礼数改了回去。

这……皇上，我不是扫你兴，只是得遵循礼法啊。

还有一次，皇上养了一只非常漂亮的鹞鹰，经常放在手臂上逗玩。正巧那天我有事上奏。皇上远远瞧见我的身影便立刻把鹞鹰藏在怀里。由于我进言的时间太久，没想到鹞鹰在皇上怀里闷死了。

这……皇上，我只是想提醒你不要玩物丧志而已。

还有一次，我请假回老家祭奠先祖。等我回来后才知道原来皇上准备去南山游玩，连车马仪仗都准备妥当了，但突然又决定不去了。我十分好奇，便向皇上询问原因。没想到皇上居然说担心我责备他，所以半路就返回了。

这……皇上，我还什么都没说呢！

这样一回忆，我好像对待皇上是严苛了些。可是，他是帝王啊！是帝王就得成为一国之表率，得公正严明、维护礼法，得扛起整个国家的重担。

我魏征只是一介朝臣，唯一能做的就是尽忠尽职，时刻提醒君主做出最正确的决定，所以之后我又做了一件冒犯圣上的事儿。

近几年来，我明显觉得自己上了年纪。我担心自己已经帮不了皇上多久了，也不知道还能再谏言几次，所以干脆写了一篇《十渐不克终疏》，把近些年来皇上的十个毛病给挑了出来。

为了防止皇上跟我急眼，开头还是把皇上狠狠地夸了一遍，比如贞观初期的皇上不仅年少有为、信守仁义，还节俭勤政，成就堪比商汤、周武、尧舜这些明君。但是，最近几年皇上变得骄傲起来，又是沉迷于珍稀古玩，又是劳役百姓，还滋生奢靡之风……

我知道这些话有些刺耳，所以尽量引经据典，晓之以理，动之以情。没想到皇上看完后开开心心地说："朕一定会改的，如果不改都没有脸再见爱卿。"皇上还让人将臣的文章写在了屏风上，这样早晚都能看到，以此来警醒自己。

我听闻此言欣慰地笑了。我想，我也应该渐渐地放手了吧。

……

最近我的病情越来越重，我在朝政上也变得越来越力不从心。皇上让我辅佐性情顽劣的皇太子，稳住朝臣对于储君之位的猜疑。我本不想掺和进去，便以病体为由推辞，但皇上十分信任我，下了诏书给我。

我想这大概是我最后能为他，为这个国家做的一点儿事了吧。

据史书记载，贞观十七年魏征病重，唐太宗李世民在床榻旁痛哭流涕，问他还有什么要交代的。魏征缠绵病榻却依旧担忧国家危亡。

几天后，李世民夜里梦见魏征，天刚亮便收到他病逝的消息，不禁哀恸非常，下令废朝五日，不仅亲刻碑文，还厚葬魏征。

在魏征去世后，李世民终于说了那句心中深藏已久的话："以人作为镜子，可以看清自己的得失，而魏征走了，我就少了一面镜子。"

魏征啊，你是我的明镜！

相信另一个世界的魏征终会听到皇上的这句告白。

姬昌 & 姜尚

夕阳红不红

文 / 一握灰

俗话说，英雄出少年，掰指头数数：项橐七岁为孔子师，甘罗十二岁官拜上卿，霍去病十七岁建功立业，人们提起这些天纵骄子莫不是交口称赞。可不是吗，风华正茂，锦绣前程，看着都喜人。当然了，也有些厚积薄发的中年才俊，比如说一飞冲天的楚庄王、卧薪尝胆的勾践、隐姓埋名的范雎……再往大了说，那就罕有了，一来古人年岁短，五十来岁就属老者；二来吧，年纪大了，那股锐意进取的精神头就乏了，老人家嘛，含饴弄孙，颐养天年多好，一把老骨头再去打拼，太费劲儿。

不过呢，人分三六九等，木分花梨紫檀，偏巧就有这么些个大器晚成的老英雄，比如那位大名如雷贯耳的姜尚，姜子牙。

提起姜子牙，大家伙儿都知道《封神演义》里讲他受命于天，斩将封神。不过这都是文学创作，历史上真正的姜尚，那可太接地气了。

姜尚的祖上也风光过，其先人当年辅佐大禹治水有功被封在吕地，先秦时代，男人称氏不称姓，所以翻阅典籍，史书里大都称之为吕尚。

都说富贵不过三代，姜尚出生的时候家族早已落败，他又父母双亡，半大小子无依无靠，四下颠沛流离。为了讨生活，他卖过面贩过马，当过屠夫杀过牛，整个一市井小王子，就没他做不了的活儿。可要说呢，人倒霉喝凉水都塞牙，虽然他什么都会做，但什么都做不久长。为了填饱肚子，他还给望族大户当过上门姑爷，在那个年月，入赘是很丢人的事儿，可姜子牙穷怕了，只要管饱、有俩钱儿，脸面都能往后搁。

结果呢，他因为不够"贤惠"，惹怒了丈母娘，又被扫地出门了。

这日子过得睁不开眼啊。姜子牙寻思着树挪死人挪活，我换个地儿吧。这就奔去了朝歌，到都城一看，可拉倒吧，老百姓的日子过得且不如我伏低做小给人当赘婿呢。往道旁一打听，商王帝辛就没干过一件不祸及臣民的事儿，什么敲骨验髓、剖腹验婴、酒池肉林、炮烙虿盆……一桩桩一件件，那叫一个丧尽天良，罪不容诛。

姜子牙是明白人，就这昏暴君主，国运能长久吗，常言道乱世出明主，我还是另择良木吧。

他优哉游哉地往家乡走，沿途还打听哪儿有什么新鲜景儿，这就听人说起了西伯姬昌正在延揽人才，广邀贤士。

姜子牙顿时又来劲儿了，这位西伯侯他是知道的，大半辈子颇为坎坷，想想还真有些惺惺相惜之感。

说起这姬昌，不得不提商王帝辛，也就是后世的商纣王。帝辛年轻时也算得上是一代英主，史书记载他能征善战、巧言善辩。大臣给他提什么意见，他都能逐一反驳，说得对方哑口无言，又善打仗，比如打东夷，撵到海边了才算完。

少年天子，文武兼备，大臣说不过他，外敌打不过他，可不就日渐骄傲了吗。再加上攻打有苏国时纳了一位国色天香的美人，妲己后见天儿地就知道淫逸享乐了。

有妲己也不够，帝辛还强娶了九侯的女儿，可是人大家闺秀看不惯他那套荒淫无道的做派，就为这，纣王把她杀了。闺女死得不明不白，当爹的能愿意吗？帝辛说你不乐意，得，那你去陪你闺女吧。转头把九侯醢[1]了。

九侯的朋友鄂侯，为枉死的父女俩争辩了几句，帝辛撇撇嘴，懒得跟你废话，来人啊把他脯了。姬昌和九侯、鄂侯都是老相识，见此惨状，不禁潸然泪下。

帝辛更怒了，怎么的，你还同情他俩？来来来，也抓走。

不过帝辛没杀姬昌，因为西岐在四方诸侯中算是实力派，势力强，名望高，商王有所忌惮，于是把姬昌囚禁在羑里，一关就是七年。期间姬昌也没闲着，被软禁在尺寸之地无事可做，就演算八卦。都知道伏羲创八卦：乾、坤、震、巽、坎、离、艮、兑，姬昌没事儿就重新排着玩儿，一来二去真就玩出门道来了，演绎出八八六十四卦，还都有相应的卦爻辞。

他搁那儿当技术宅，他的臣子们可急坏了，又是砸重金贿赂商王的宠臣，又是宝马美女流水似的往朝歌王宫里送，这才终于把姬昌赎回来。

一回到西岐，姬昌就筹划着新仇旧恨一起算。古往今来啊，但凡要起事，人才都是第一位的，姬昌能不明白吗，可是千金易得，良才难求啊。

光发榜招贤还不算完，他自个儿得了空就出门转悠，名义上是游山玩水，实则是寻访名士。

不怕赶早，就怕赶巧，一边是求贤若渴，一边是怀才不遇，你说这不就是"君臣已与时际会"吗？

花开两朵，各表一枝，再说姜子牙兴冲冲奔向了西岐，但见耕者让畔，行者让路，好一派民风朴健、欣欣向荣的景象，跟朝歌比起来，简直云泥之别。

姜子牙这会儿快七十了，人情练达得很，知道不能直眉瞪眼地上门自荐，先不说能不能得到重用吧，估计门都没摸着就被卫兵轰走了。

他也不急，每天就跟樵夫渔民聊天，还别说，这就获取了重要情报：姬昌近来经常前往渭水河畔游玩。姜尚心想机会来了，自荐行不通，我得让西伯侯主动找上门来。

他挑了块风水宝地，磻溪，不光风景好，来来往往人也多，不论刮风下雨，每天掐着点儿跪坐在溪边石头上钓鱼。

要说河边钓鱼的人海了去了，可渐渐大家就发现这老头与众不同，他用的钓竿很短，但是线很长，最惹眼的是系了个直钩。这直钩挂不上鱼饵啊，他也不在乎，整日头戴斗笠、身披蓑衣，跟木雕泥塑似的坐在石头上，手握一根无饵直钩的钓竿，得闲了还跟人聊几句。

"吃了吗？"

"没顾上。"

"您这么些天钓上鱼了吗？"

"还没呢。"

"您这鱼钩就不对。"

"嗨，你不懂，我是宁向直中取，不向曲中求啊。"

渐渐的，十里八乡都知道来了这么个怪老头。

有天，姬昌准备出门打猎，古代人迷信，出门前得先占卜，获一卦：非龙非螭，非虎非熊，霸王之辅。

姬昌琢磨虽然是吉兆，但也看不出是嘛玩意儿，算了我还是走着瞧吧。这就来到了磻溪边，远远瞅见姜子牙，嚯，皓首庞眉、仙风道骨，真跟一老神仙似的。

姜子牙直钩垂钓的事迹早在这片儿传开了，手下如此这般地一说，姬昌更感兴趣了："来人，扶我下车。"

一队人走到跟前，姜尚老远就看见车仗了，装不知道呢，一门心思还搁那儿钓鱼。

"老人家，"俩人都年岁不小了，不过姬昌特尊老，懂礼貌，"您怎么用直钩钓鱼啊？"

姜尚目不斜视："愿者上钩。"

这不摆谱吗，可姬昌就吃这一套，越发恭敬了："老人家可愿拨冗详谈？"

好吗，真让姜子牙给钓上来了。

俩人就站在溪边一番攀谈，姬昌这会儿也不嫌水畔蚊子多、湿气重了，越说越兴奋，红光满面，拉着姜尚的手表白："我的先君说过，一定会有圣人前来大周，说的就是您吧，我的太公都盼望您好久了。"真下本儿，直接连老爹都搬出来了。

从此姜子牙又多了个称呼，就叫太公望。

俩人相谈甚欢，手下多有眼力见儿，赶紧帮衬着说天色已晚，不如请老先生一道回宫吧。

姬昌巴不得呢，立刻邀请姜尚一同登车。古时候和现在差不离，能坐上领导的车那都是特殊待遇，格外光荣，结果姬昌还有更绝的，亲自给姜尚拉车。

到了宫门口停下来，姜尚收拾好钓竿，问："您拉着我走了多少步啊？"

姬昌心想这谁还数着呢，一估摸："也就八百来步吧。"

姜尚手捋须髯，颔首道："那我就保你大周天下八百年。"

进了宫，俩老头彻夜长谈，相见恨晚，国事家事聊了个通宵达旦。姬昌全然被姜尚高深的谋略、广阔的眼界、精准的见地折服了，当即拜为太师。

姜尚这算是一朝鱼游深渊，从此飞龙在天，给姬昌出谋划策，助其推广德政，制定用兵之法和奇门妙计，后人谈起大周的兵术权谋，莫不是遵照姜尚定下的基本策略。

可惜最美不过夕阳红，最短也是夕阳红，眼看着西岐君圣臣贤，文修武备，天下三分之二的诸侯都归心大周，姬昌却在这时一病不起了，他把儿子姬发叫到病榻前，嘱咐道："吕尚就如同你的父亲，你要像对待我一样对待他。"

这便是临终托孤了。

姬发是个孝顺儿子，从此尊姜子牙为尚父，对他那是虚左以待，真跟亲爹似的。姜尚也没辜负故主的重托，辅佐姬发会同八百诸侯，兵发朝歌，决战牧野，一举推翻商纣，建立大周天下。

这都是后话了。

姜尚活了九十来岁，周朝建立后封于齐地，对，就是春秋五霸中齐桓公所在的齐国，那是姜子牙的后人。

这就是更后的后话了。

历史的车轮滚滚向前，春秋争霸，战国称雄，大周国祚八百年。周文王若是泉下有知，怕不是懊恼得很："看看，早知道我可不得拉着姜尚多转几圈吗！"

朱祁镇 & 袁彬

生死患难君臣情

文 / 玳瑁梁

公元 1449 年冬。

一个二十二岁的青年，正在漠北荒原凝望南方。

几百年后，有一个多愁善感的清朝词人写道："山一程，水一程……夜深千帐灯。风一更，雨一更，聒碎乡心梦不成，故园无此声。"这词若是穿越到明朝，用在此刻的明英宗朱祁镇身上，倒是十分应景。

当然，他现在已经不是皇帝了。

他的营帐早就不复"御驾"的华丽气派，只是一顶寒酸的帐篷，虽然尽力修补，还是抵挡不住刺骨的北风。能够御寒的衣物全都裹在了身上，却还是冻得瑟瑟发抖，虽已夜深，根本睡不着觉。

帐篷外除了明亮的星空，就是四野的黑暗与无边的寂静。在这耿耿不寐的深夜里，往事如潮水一般涌上心头，登基后的一幕幕场景在脑海浮现。

九岁即位，那时太皇太后掌握实权，重用贤良名臣，政局颇为清明。待母后及股肱老臣们先后去世，自己亲政时，也曾想比肩祖先，做出一番事业……只可惜……只恨……

"陛下？"

一个关切的声音传来。

朱祁镇回过神，却没有马上回头。一则他已经是泪流满面，二则，他不用看，也知道这个关切的声音来自何人。

半年前，北方的瓦剌部落首领绰罗斯·也先率领大军进犯。当时，自己年轻气盛，想要效仿祖上御驾亲征的壮举，受他宠爱、把持朝政的宦官王振也拼命怂恿他，明朝的军队就这样护着皇帝到了大同。

王振听说也先兵力强大，吓得不敢交锋，准备收兵回京。等明军到了土木堡，也先率兵杀到，明军阵脚大乱，兵败如山倒。王振被杀，朱祁镇也做了俘虏。这就是"土木堡之变"。这之后，明朝迅速拥立了朱祁镇的弟弟朱祁钰当皇帝，"遥尊"被俘的朱祁镇为"太上皇"。

皇帝做不成了，家园也回不去。更糟糕的是，自被俘虏之后，朱祁镇身边的随从或死或伤，或逃亡殆尽，他真的快成了一个孤家寡人。

只有锦衣校尉袁彬始终对他不离不弃，追随左右。他们跟着也先的军队一路辗转，经常会遇到崎岖险路。朱祁镇的"车驾"也只有简单的一车一马，遇到这样的路，车马难行，朱祁镇更是走不过去。袁彬就背着他一步步往前挪。

那时，袁彬已经四十八岁，年龄比朱祁镇大一倍还要多。朱祁镇看着他的眼神，早已经不像是看下属侍卫，而是充满了对待父兄一般的依赖和信任。

袁彬走到朱祁镇身边，手里拿着一件半新不旧的冬衣，轻轻披在年轻人肩头。朱祁镇擦去想家的泪水，摸了摸那件衣服。

袁彬会意，说道："这是咱们大明的使臣送来的。陛下穿上，挡挡风寒吧。"

朱祁镇苦笑："送来？那天使臣说的话，你也听到了。朕问他有没有预备寒衣和粮食，他都说国家不曾给，只有自己的旧衣服和几斗米，太上皇既然问，就进献出来。这简直是打发叫花子，把朕当成了什么？"说着说着，眼泪忍不住又涌出来。这一次自然是委屈和气愤所致。

袁彬见朱祁镇情绪激动，暂时在一旁默默相陪。朱祁镇愤然："瓦剌人扣住我，是想要银钱赎金。这次大明使节来，却分文未带，摆明了毫无诚意。也先岂肯善罢甘休？定然会加紧勒索要挟朕。只恐怕你我君臣的苦日子还在后头啊！"

袁彬知道，朱祁镇说的都是实情，此刻若是认真答话，一定会让朱祁镇更加伤感。他先是耐心地给朱祁镇擦泪，待朱祁镇心情渐渐平静，才缓缓说道："哎，何止人爱银钱，不懂事的畜生也爱。臣曾见到一条狗，嘴里叼着个银锭飞跑。给它肉，它也不松嘴，给它罩个衣服，它也甩脱了。臣气得不行，就骂那狗说：你这个畜生！既不爱吃，也不好穿，死命要这银子做什么？"

他说的时候比比画画，煞有介事，说完后脸上还带一点笑意。朱祁镇先是怔怔地听，而后明白袁彬这是讲笑话绕弯子骂也先，不由得破颜一笑，心情稍解。袁彬趁机又劝慰道："陛下早点安歇吧。保重御体，我们才好顺利回南边啊。"

"顺利回南……"

"一定会的。"

袁彬张罗着让朱祁镇躺下，自己打横睡在朱祁镇的脚边，解开自己的衣服，将朱祁镇的双脚裹入自己的怀里取暖。自从天气凉了之后，他每天晚上都这样做。

袁彬在生活上无微不至地照护着朱祁镇，对自己却疏于照料，饶是他身体强健，毕竟塞外环境艰苦，又是年近半百的人，终于有一天耐不住风寒病倒了，发起高烧。朱祁镇身为俘虏，自己待遇尚且潦倒，一个随从生病，上哪里去寻医问药呢？眼看着袁彬烧得昏昏沉沉、人事不省，朱祁镇急得趴在袁彬背上大哭起来。好在机缘巧合、吉人天相，袁彬接着出了一身汗，体温竟然慢慢降了下来。

恢复神志的袁彬睁开眼睛，首先看到的就是朱祁镇惊喜的面容。他看到那个曾经养尊处优、威风八面的青年天子喜极而泣，而后用笨拙的手势，给自己端来一杯水。

那一刻，我们是君臣，更是患难之交，是彼此的救命恩人。

我永远不会离开你，直到我们离开这苦寒之地，直到我生命的最后一刻。

随着时光的流逝，也先百般榨取朱祁镇的利用价值。他先是要朱祁镇给南方写信，让明派遣使臣来"迎接"皇帝。

对此朱祁镇很清楚，要使臣来，就是继续谈赎金的条件。他直截了当地对也先说："你直接把我送回去就得了，非要中原派使臣来，只是白白浪费往返时间。"

有一个太监叫喜宁，从土木堡之变后就背叛了朱祁镇，替也先出谋划策。他听了朱祁镇的回答，怒道："这必然是袁彬出的主意，想要赶紧逃回去。必须杀了袁彬！"

袁彬并没有因此畏惧退缩。

喜宁有一天来见朱祁镇，趾高气扬地扔下一句话："陛下，你有天大的喜事了。我劝也先向西进攻西夏，抢夺战马之后，直接攻打长江地区，送你去南京当皇帝去，这多威风？"

朱祁镇听了，将信将疑。这时袁彬在他身边说道："陛下，别听他的。他这个行军计划，天寒路远，缺衣少食，陛下您又不会骑马，根本支撑不下来。就算跟着他们到了南京，如果那儿的守军不支持陛下，又该怎么办呢？"

　　一语提醒了朱祁镇，他又想起了在北京称帝的弟弟朱祁钰的威胁，想起了也先强迫他在边关门口劝降却无人理睬的屈辱。他回过神，对喜宁说："你这个建议太冒险了，朕不同意。"

　　喜宁目露凶光："又是袁彬坏事，必须杀了他以绝后患！"

　　朱祁镇大声说道："朕在此地，全依仗袁彬伺候。你要杀他，岂不是置我于死地？"

　　喜宁到底不敢当面顶撞从前的主人，只得恶狠狠瞪了袁彬几眼，拂袖而去。

　　又过了一些时日，这次来访的是也先的使者。

　　"给陛下道喜！"

　　朱祁镇头皮一紧。有前车之鉴，他已经不再相信有任何关于自己的好消息。

　　"太师（也先）打算把妹妹嫁给皇帝您！"

　　朱祁镇傻眼了。

　　要说……难道……这真的是个好消息？

　　如果真的做了也先的妹婿，就不会再是阶下囚的待遇。也许会得到一些生活保障，甚至情感温暖。也许，成了也先的亲戚，瓦剌人会真的帮助他夺回皇位，到那时……

　　朱祁镇心念电转，不知如何是好。他想到有一个可靠的人可以商量，那就是袁彬。

　　袁彬听了之后，望了望朱祁镇犹豫的脸色，跪了下来。朱祁镇大为吃惊："为何行此大礼？"

袁彬恳切地说道："陛下乃中原大国之君，若成为外族人的女婿，今后将处处受制于人。而且在做俘虏的时候娶亲，会让人觉得陛下不思返国。陛下，也先若是真有嫁妹的诚意，您就对他说，等您回国后再正式迎娶他的妹妹吧！"

朱祁镇不由得连连点头，就这样回复了也先的使者。也先闻听，知道自己诱降的计策落空，十分恼怒。喜宁在一旁煽风点火："这话必然又是袁彬教的。此人不除，必将坏我们大事！"

也先下令："来人！将袁彬拖到旷野，杀了再分尸！"

喜宁得意扬扬地领命而去，趁朱祁镇不在场的功夫，绑了袁彬就走。

朱祁镇随即听说了袁彬被抓走的消息。他想到喜宁凶狠的眼光和威胁，知道凶多吉少。如果失去袁彬，自己就像是断了双手一般疼痛而无助！

朱祁镇打听清楚喜宁一行人的去向，疯狂地奔跑着追了上去。他扑在袁彬身上，对着喜宁和持刀的士兵们声嘶力竭地喊着："你们要杀他，就把我也一起杀了！"

士兵迟疑了。喜宁也退缩了。这个身份特殊的俘虏，谁知道太师留着他还有什么用处？若是杀了袁彬，这个中原皇帝真的死了，又该怎么交代？

就这样，靠着朱祁镇的极力营救，袁彬又捡回了一条命。但他们心里清楚，这只是暂时的安全。喜宁居心叵测，早晚会要了袁彬的命。他们秘密商谈了很久，想出了一条计策。

公元 1450 年元月。朱祁镇忽然向也先提出，愿意配合他向北京要赎金。

也先大喜过望："派谁前去？何时动身？"

朱祁镇不慌不忙地指定了两个使者，其中一个，就是喜宁。贪财的也先无暇思索，一口答应。

朱祁镇随即写了一封密信，由袁彬交给与喜宁随行的另一个使臣。此人虽是一个明军的低等武官，却深得朱祁镇信任，也确实很好地完成了任务。他将密信交给了边关的指挥官，说了喜宁如何背叛大明、祸国殃民，奉"太上皇"旨意，必须除之。指挥官听了，觉得这是个立功的机会，就设宴伏兵抓了喜宁，押送北京，最后杀掉了他。

喜宁死了。朱祁镇和袁彬兴奋莫名。他们看到了自己回家的希望。

失去喜宁之后，也先对如何利用朱祁镇也没了把握。在土木堡之变一年后，中原使臣迎回了朱祁镇，袁彬自然相随。

这对患难与共的君臣，终于回到了他们魂牵梦绕的中原。这之后，他们彼此也都经历了一系列波谲云诡的政治风波，但终究都记着绝域苦寒相濡以沫的情谊。后来，袁彬写了《北征事迹》一书，记载了他护驾的始末。

"我们是君臣，更是患难之交，是彼此的救命恩人。"

【朱祁镇&袁彬】生死患难君臣情

严光 & 刘秀　我的同学是皇帝

文／顾闪闪

1

"有一男子，身披旧羊皮袄垂钓于富春江上，不知是否是陛下寻访之人？"

齐国使者前来觐见时，光武帝刘秀正站在高阁之巅，俯瞰整座洛阳城。流金般的余晖倾泻于衮服纹章间，令这位近乎完美的君王带上了几分神性。

半晌，他才莞尔道："倒像是子陵的做派。"

使者显然怀着好奇，几番欲言又止，最终还是光武帝先点破："昔日，朕曾同此人一同游学。"

说完他自己都觉得妙，皇帝的同学，这实在是太稀罕了。

自古皇帝，倘若出身王侯，那么一起读书的就该呼为伴读，和研墨端汤的书童一样，是低人一等的；也有帝王起于草莽，自身对诗书都是一知半解，更不会有这样拿得出手的同学。

严光，严子陵，如今想来，真是天赐于他。

之所以有这样的机缘，还要从他早年

的经历说起。刘秀身上虽流淌着皇室血液，却并非天生的君王。他本是汉景帝长沙定王一脉，先祖遵行武帝推恩令代代降爵，到他父亲这一辈，只得了个济阳县县令这样的小官，父亲去世后，年仅九岁的他便成了平民，与兄长刘縯一起务农为生。

弱冠之年，刘秀前往长安求学，恰巧与年少成名的严光相识，二人一见如故，负起书袋同游山水，平心相交，纵论经典。

之后的那些事迹妇孺都能传诵：王莽篡汉，刘秀连同宗室一同在南阳起兵，从最初的骑牛征战到后来的跨州踞土、带甲百万，不过用了几年的时间。登基后，他又扫平关东，平复陇西，这位年轻的帝王太过神武，以至于世间的一切于他而言，都仿佛唾手可得。

可夜深人静时，光武帝也曾阑干拍遍，满目怅惘。

他到底想抓住什么？如今天下尽在囊中，还有什么不满足？不仅是文武群臣、中宫内侍，就连光武帝自己也常常思索这个问题。

他将这一切归结为求贤若渴，如今天下安定，他太需要一位伊尹般的宰辅，与他共同治理这大好河山，而他第一个想到的，便是严光。

年少做梦时，他就曾幻想过，如果真有一个太平盛世，那么严光就是他理想中的臣子。

而这个时候光武帝才猛然发现，即位以来，远亲故旧趋之若鹜，唯独这个老同学竟改名换姓，一头扎进人群里，溜了。

2

光武帝知道，严光既然溜了，就不会轻易被请回来。

以他的性子，才懒得摆起架子，欲迎还拒，既是在钓烟水，那便是在钓烟水，绝非在期盼别的。

可光武帝还是为他备好了征召贤才的四驾安车与玄色布帛，派遣使者以最高礼节前去相邀。

如此三番四次，每每都是空车而去，空车而返，引得朝臣都纷纷议论，这严光未免太过不识抬举，话里藏话——陛下也未免太给这儒生面子。

但光武帝心中只道，不急，不急。

严光于他，譬如姜太公之于周文王，商鞅之于秦孝公，最好的总是来得迟一些。

但终究会来的。

焦急等待严光的，不仅是陛下一人。严光进京当日，便在住所门外迎面碰见了司徒侯霸遣来的使者，使者恭恭敬敬呈上书简一封，对严光道："侯公听闻先生到来，本想立即前来拜访，怎奈公务繁忙，不能亲至。还望趁着天黑，请先生屈尊到府上聚谈。"

"子陵是如何答复你的？"光武帝饶有兴致地问。

前来禀报的侯霸面露窘态，呈上封好的书札，闷闷道："还请陛下亲自拆书一阅吧。"

光武帝打开封缄，望着上面的内容，不禁失笑，又听面前的侯霸道："臣不管怎么说，与他也算是故交，他如此放言，实在是欺人太甚。"

光武帝不恼反笑，只道："这个狂妄的家伙，还是老样子！"眼前却已浮现出当时的场面。

严光听罢使者的邀约，没有答话，只是将书简抛回使者的怀里，坐在安车上口述回信道："君房①先生敬启：你位至三公，这很好。如果你身居高位，能够心怀仁德，匡扶道义，那天下人

---

① 君房：侯霸的字。

自然都会称颂你；但你若是满脑子只想着阿谀奉承，讨好皇帝，那我看你离人头落地也不远了。"

侯霸还沉浸在满腔羞恼中，忽听光武帝在上方问道："君房，你觉得朕变了吗？"

侯霸垂首不敢答。

光武帝语气温和，如春风拂面："无妨，你据实应答便可。"

侯霸思虑片刻，回道："陛下圣心仁厚，对待旧臣一如往昔，未曾有半分改变。臣等心怀感激，日夜不敢忘怀。"

这确是他与群臣们的心里话，天下一统往往伴随着鸟尽弓藏，史册上不乏惨烈的清洗，当年汉高祖就曾彻底地翦灭诸多开国功臣。可光武帝却从未向老臣们亮出过刀刃，反而赏赐给他们封地，用最隆重的礼遇来回报他们，不可谓不仁慈。

侯霸太过忐忑，不敢仰头直视龙颜，因此也没有注意到光武帝望着阶下，几不可闻地叹了一口气。

见过侯霸后，光武帝即刻前往严光的住所。坐在驾辇之上，他回想着书札上不卑不亢的对答，心中沉静地想，果然还是严光好，非严光不可。

这些年来，战场上，朝堂里，他见过了那么多的能人异士，兜兜转转，最终还是觉得，能与自己并肩走在路上的，只有严光。

3

严光被安置在北军的官邸中，光武帝为他准备了最温暖舒适的被褥，又令太官早晚为他提供甘美的饭食。

也许是为了不辜负这样的厚待，严光竟当真心安理得地享受起来，关起门来倒头大睡。御驾亲临，内外属官司吏颤颤巍巍跪了满地，榻上人竟都浑然不觉，门内甚至隐隐有鼾声传出。

内侍大惊，连忙推门要去将他唤醒，却被光武帝以眼神噤了声，默默退下了。光武帝放轻步履，小心翼翼地亲自开门，来到榻旁，只见他厚礼相求的贤士此刻正躺得四仰八叉，被褥压在身下，全无仪态可言，那场景简直与多年前二人同游时一模一样。

光武帝顿时也起了戏谑的心思，伸手拍拍他的肚子道："你这个狂傲的子陵，难道就不能出来帮我一同治理国家吗？"

这话说完，严光非但没醒，反而翻了个身，继续酣然大睡。

光武帝心中无奈，又不忍叫醒他，只得坐在榻旁安静地等待他醒来。他的心中并没有半分不悦，不如说，看到这样的严光，他发自内心地高兴。

他是从贫贱时过来的，知道什么是知交，什么是率真，什么是肝胆相照。

一旦见过了，就再难忘记，虚情假意障不住他的眼，假的再怎么粉饰也变不成真的。

这其实是很痛苦的一件事。

因为有些东西做了皇帝后，就再难拥有了。天下岂少贤能之人？他不得不承认，将严光召回，除了为社稷谋良佐外，这里面也掺杂着他的私心。

他不喜杀戮掠夺，曾发愿"吾理天下，欲以柔道行之"，他是个有血有肉的皇帝，因此希望身边除了忠臣良将外，还能有一个朋友。

可严光不愿意。

不知又过了多久，严光醒来，醒后也不说话，只是瞬也不瞬地盯着他。半晌，才开口道："上古的帝尧也以仁德著称，但巢父依旧不愿接受他禅位的邀请，跑到河边去清洗耳朵，只因人各有志。我知道你是将我看作知交，才邀请我入朝为官；但倘若你我果真只是以知交相待，自会互相敬重，谁也不会想着去强迫谁。难道如今只因你成了皇帝，便要剥夺我的志向吗？"

光武帝答不出来，严子陵果然厉害，一句便将他心中所想都点破了。

他坐得上龙椅，攥得住传国玉玺，却捉不住富春江面上的一朵云。

他问："子陵，我终究不能动摇你吗？"

当夜，光武帝升舆而去，长长的宫道上，落满了帝王的叹息。

4

几日后，光武帝又将严光召入宫中。

他向门外面色抗拒的老友招了招手，说不必紧张，我只是想同子陵说说话。

往日为国事殚精竭虑的皇帝，突然好像多了大把的时间，与严光一聊就是几日，两人从旧日种种谈到这些年来的经历，只是绝口不提去留。

光武帝道："子陵，当年我还是个种地的老实人，远不像缤哥那样尚义任侠，他说自己就像高祖皇帝，而我就像高祖皇帝的兄弟刘喜。我们一同起兵南阳，可他早已经不在了。"

光武帝道："子陵，记得那是天凤年间，我们一起在长安学习《尚书》，当时你已经才名远扬，而我却只能做到略通大义。"

严光笑笑，知道这已经不重要了，如今的刘秀即便不用自己讲解，也深切领悟了《尚书》的要旨，《尚书》乃帝王之书，书中道："为政者：宽而栗，柔而立，愿而恭，乱而敬，扰而毅，直而温，简而廉，刚而塞，强而义。"这些刘秀都已经做到了。

从只言片语中，他还知道了许多别的事，比如光武帝几经辗转，还是将旧日痴痴爱慕的阴丽华立为了皇后，"娶妻当娶阴丽华"，当年那个少年所说的，并非一句戏言。

严光说："陛下是个念旧的人。"

严光说："可人还是要向前看。"

两个人有时聊着聊着就相互倒在一起睡着了，到次日太史急急上奏，说客星冒犯御座，引得光武帝放声大笑。他倒真盼望严子陵能够在朝上与自己顶撞，针锋相对，但对方还是坚决不愿接受谏议大夫的官职。

其实光武帝也明白，当他得到这个严光这个臣子，便会失去严光这个朋友。

臣子他如今有许多，朋友却唯有严光一人了。

后世范仲淹曾为严公祠作记，歌曰："云山苍苍，江水泱泱，先生之风，山高水长。"

严光的好，在远山间，在江波上，却唯独不会在这几尺朝堂之中。

从此以后，一直到严光去世，两人再也没有见过面。

5

严光最终还是回到富春山，成了一个普普通通的耕夫，日出而作，日落而息，人们为了纪念他，将他垂钓的那个地方命名为严陵濑。

《后汉书》载："建武十七年，复特征，不至。年八十，终于家。"

也许因为顺从了自己的心志，严光一直活到了耄耋高龄，才于自己家中安然离世。光武帝于洛阳听说了这个消息，许久都没有缓过神，恍惚过后，他竟突然想起一件微不足道的旧事来。

当时严光尚在宫中，与自己朝夕对谈。某日他兴致忽起，将问侯霸的话又原封不动问了严光一回："子陵，你觉得朕变了吗？"

他很少有这样忐忑的时刻，几乎是屏住呼吸，等待着友人的回答。却见严光上下将他打量了好几回，才虚眯着眼睛，懒散道："好像是……胖了一点？"

光武帝拊掌大笑，地动山摇。

皇上的真实朋友圈

10 条新消息

李世民
今天朝堂上魏卿又怼我，不开心。

♡ 嘉靖、李煜

魏征：皇上，您不去批奏折吗？最近 GDP 又往下掉了！

嘉靖：哼！@海瑞也怼我，上书说"嘉靖嘉靖，家家干净"，他怪我没有治理好国家。

李煜：呜呜呜，还有大臣当面掀我的棋盘。

朱祁镇：还是我的 @袁彬好！

李煜

"春花秋月何时了，往事知多少？小楼昨夜又东风，故国不堪回首明月中！

雕栏玉砌应犹在，只是朱颜改。问君能有几多愁？恰似一江春水向东流。"

五个时辰前　　　　　　　　　　　　··

♡ 乾隆、赵佶

徐铉：国主啊，您忘了开启屏蔽功能。

李煜回复徐铉：……

赵匡胤：故国？呵呵。

李煜回复赵匡胤：好凶。

武则天

给大家科普一下新造的字"曌"，取"日月当空，普照大地"之意。以后大家就叫我"武曌"吧！

三个时辰前　　　　　　　　　　　　··

♡ 李治、李隆基、李亨、杨广

李治：只要你喜欢，叫什么都可以。

武则天回复李治：爱你！

李世民：荒唐。

武则天回复李世民：哼，要你管。

乾隆：啊啊啊啊，想看九宫格自拍！

赵匡胤：想看 +1。

雍正：想看 +2。

乾 乾隆

今日学习打卡成功。

学习内容

早读时间：早上五点

热身练习：弓箭骑射

列祖列宗语录学习：《圣训》《实录》

语言学习：蒙语、满语、汉语

两个时辰前

♡ 乾隆、雍正、康熙

雍正：儿子加油。

乾隆回复老爹：皇阿玛我会努力的。

康熙：孙子加油。

乾隆回复老爹：皇爷爷我会努力的。

刘墉：皇上，您今儿从江南回来啦？

纪晓岚：皇上，江南好玩吗？

富察·傅恒：皇上，江南有啥好吃的？

最强组合天团

出道啦

战国乱不乱，『四公子』说了算

文／六欲浮屠

提到春秋战国时期，大部分人对它的感觉恐怕就一个字：乱。

一点没错，确实乱。

春秋战国是中华文明史上一个大分裂的时期，中央政权持续了几百年的缺位，大小国家遍地开花，彼此结盟，又相互攻伐吞并，热热闹闹地你方唱罢我登场。除开耳熟能详的那几个，比如"战国七雄"外，还有好些听都没听过的小国，胡、蔡、钟离、英、焦……

天下大势，分久必合，合久必分，在战国后期，要往合的方向去了。

眼看着西边的秦国越来越强大，在战国最后也最重要的几十年里，四个不愿屈服，勇于逆天改命的男人站了出来。

他们就是战国最强天团——战国四公子。

天团成员如下：信陵君魏无忌，魏国人；平原君赵胜，赵国人；孟尝君田文，齐国人；春申君黄歇，楚国人。

信陵君魏无忌，被后人推举为战国四

公子之首，这与他显赫的功绩分不开，当然也在某种程度上代表了后人对他的推崇。

信陵君出身很好，他是战国七雄之一——魏国的王子（魏昭王之子），聪慧善学，勇敢机敏，拥有冷静的判断力、开阔的眼界，对战国整体格局的把握远胜众人。

信陵君所在的魏国也曾雄踞战国老大的位置，但在他出生时，魏国已走上下坡路，西边的秦国日渐强大，而衰老的魏国只能勉强维持局面。

等信陵君成年，魏国朝堂对秦国的态度更明确了：咱不是对手，就别去惹他，只要他不来犯我就行，反正瘦死的骆驼比马大，秦国再怎么厉害，他也不能一口吞下魏国，况且还有更弱小的在前头当靶子呢。

比如隔壁的赵国。

公元前 257 年，秦国再次朝中原进军，目标是赵国。很快，秦军围住了赵国都城邯郸。

赵国不愿投降，打也打不过，只能向魏国求援——于公，赵魏两家都是秦国的兼并目标，应当同仇敌忾；于私，赵国的平原公子赵胜是信陵君魏无忌的姐夫，关键时刻可不得拉兄弟一把。

秦国也不是吃素的，发现赵国在求援，立刻向其他国家发出警告：谁敢插手，下一次我就打谁。

魏王被吓住了，跟臣子们开了几次会，反复讨论该怎么办。讨论来讨论去，最后决定袖手旁观。作为魏国的重臣，信陵君自然也参加了这次会议，还明确提出了反对意见：绝不能自扫门前雪，眼睁睁看秦国吞并赵国，就算魏国这次闭门不出，逃过了秦国的横扫，等到赵国完蛋后，秦国还会继续攻打其他国家的，没准下一个就是魏国了！

很可惜，他的意见没有被魏王采纳，几乎所有人都说不行，坚持装死战术。

但信陵君不是魏王，他不认同这种看似安全、实则怯懦的选择，于情于理，他都要拉赵国一把。

魏王指望不上，信陵君便自己组织了一批人马，准备救援赵国。走出不久，他看到一个熟人站在路边，冲他招了招手。

这人是信陵君的门客：侯嬴。

战国时代的大贵族多会蓄养门客，供吃供喝，保障其人身安全，而门客们对"主人"也是尽心尽力，各展所能，关键时候甚至可以豁出性命。

门客的身份复杂，既有浪迹江湖的侠客，也有隐居市井的小民，侯嬴就是一名藏在民间的高人，他明面上是大梁夷门的守门小吏，实际上……实际上也是。没有任何一本史书写过侯嬴是超级英雄，他只是个博学的老头子。

信陵君是一名求才若渴的君子，当他得知侯嬴的名声后便去拜访，想让这位老先生为己所用。但人才总是有性格的，信陵君经历了数次被拒绝，甚至被为难后，才终于让侯嬴心甘情愿成了他的门客。

这件事也成了信陵君人生中浓墨重彩的一笔，为他赢得了礼贤下士、尊礼侯生的美名。

现在，信陵君看着站在路边的侯嬴，对他道："我要去救援赵国。"

"公子去吧，我老了，就不跟着您凑热闹了。"

侯嬴很冷淡，信陵君立刻起了疑：自己待老头子不薄，如今生死关头，他就这态度？难道……

心领神会的信陵君支开旁人，跟侯嬴说起了悄悄话，老头子告诉他："听说兵符在魏王卧室里，魏王最宠爱如姬，她可以随时进出卧室……"

兵符……如姬……

信陵君茅塞顿开，匆匆返回，他想起了一件很重要的事！

曾经如姬的父亲被人杀害，她想报仇，但一直没逮着仇人，于是来求信陵君帮忙。信陵君还真帮了，将仇人的头颅给她送了过去。如姬承诺，一定会报答信陵君的大恩。

现在，她报恩的机会来了！

战国时代没有无线电、密码本，调兵遣将全靠兵符。在如姬的帮助下，信陵君顺利拿到兵符，立刻奔赴驻地，准备调大将晋鄙，发兵赵国。

晋鄙是魏王心腹，上头怎么想的他大概心里有数，因此，虽然看到了兵符，晋鄙还是犹豫着不想交权。信陵君对此已有预案，直接命人打死晋鄙，亲自掌兵，同时发布军令："父子俱在军中，父归；兄弟俱在军中，兄归；独子无兄弟，归养父母。"

就这样，信陵君选出八万精兵强将，和赵、楚军配合，大败秦军，解了赵国的危机，这就是著名的"窃符救赵"。

当信陵君率领大军冲向被秦军围困、弹尽粮绝的赵国时，另一位主角站在邯郸城头，心潮澎湃地迎接胜利会师的时刻，他就是战国四公子中的第二位：平原君赵胜。

赵胜是赵国王子（赵武灵王之子），也是信陵君的姐夫，他素有贤达之名，门客达数千人。早期的平原君走精英路线，对普通平民不怎么放在眼里，后来在门客的劝说下认识到群众的价值，对平民也彬彬有礼起来，声望再度飞跃。

在公元前 257 年的亡国危机里，面对勇悍的秦军，平原君作为赵国栋梁竭尽全力自救。除了向信陵君所在的魏国求援外，他还写信向楚国求援。

担心书信力度不够，平原君决定亲自跑一趟，但在带谁同行的问题上犯了愁。

这时一名不起眼的食客毛遂自告奋勇，要跟他一起去楚国求援。对于毛遂，平原君半信半疑，因为这人在自己门下待了三年，看不出有什么才干，此前也没有任何亮眼的功绩，带他去，行吗？

"您放心吧，看我表演。"

楚国朝堂上，毛遂大放光彩，将说客本领发挥得淋漓尽致，成功让楚、赵两国合纵，还得到了"三寸之舌，强于百万之师"的美誉，这也就是毛遂自荐的来源。

楚王当场拍板："由春申君率军救赵！"

得到楚王保证的平原君立刻返回赵国，坚守国都，等待援军到来。

他的心情并没有因为楚王的承诺而放松，毕竟他也明白，战争的胜利从来不是天上掉下来的，危急关头既要向外求援，更需自力更生。

很快秦军围城，赵国国都邯郸岌岌可危。魏王没有回复，春申君的部队也还没抵达，平原君决定主动出击，他发动群众，组织了三千名敢死队员，打开城门，出其不意地杀了出去，将秦军打出三十里外，为赵国赢得了宝贵的时间，防止赵国在援军到来前就被消灭。

在本次危机里，信陵君、平原君和春申君胜利会师，暂时打退了不可一世的秦国。春申君黄歇是四公子中唯一一位非王族出身的公子，他学识丰富、能言善辩，在公元前262年被任命为楚国宰相。

春申君能当上宰相，不仅因为他各方面都十分优秀，更因为一件大功：帮助楚国太子继位。这可不是宫廷内部的小争斗，而是一场跨越国境线、惊心动魄的生死大逃亡！

公元前 278 年，楚国的都城鄢郢被秦军攻破，眼看要完蛋，就在这时候，楚王听说春申君正好游历到了秦国，知道他能言善道，于是派他去跟秦王谈判，看能不能争取一线生机，先"苟住"再说。

这可是个高风险的活儿，弄不好要送命的。

春申君接下了这个光荣而艰巨的任务。经过认真考虑，他给秦昭王上书，说如今这世道，真正的强国就两个：秦国和楚国，以秦国的实力，或许真能灭了楚国，但您想过没有，如果秦国以灭亡楚国为目标，全力攻打，那楚国绝不会坐以待毙，会全力反击，这必然导致两败俱伤的结局。而在秦国和楚国两败俱伤后，其他几个国家比如韩、赵、魏、齐等国就能坐收渔翁之利，借机发展起来了。

总而言之，螳螂捕蝉，黄雀在后，您可别冲动，与其两败俱伤，不如共同发展：让秦国和楚国结盟，联合对付其他国家吧。

秦王看着书信连连点头，就这样，春申君超额完成任务：不但让楚国逃脱被秦国吞并的命运，还跟秦国结盟了。

当然，胜利不是毫无代价的，代价就是春申君和楚国太子成为人质，在秦国待了差不多十年，直到楚王病重，太子申请回国探亲都不肯放人。

怎么办，逃呗。

春申君给太子换了身衣服，扮成楚国使臣的车夫逃走，自己则守在屋子里，对外说太子病了，不能见人，直到估摸着太子已经跑远，秦国不可能追上后，才去跟秦昭王坦白。

秦昭王气得七窍生烟，本想杀了他，关键时刻秦国宰相范雎又跳了出来，他劝秦王："反正楚国太子也追不回来了，他和春申君在秦国待了十年，跟咱们交情不一般，如今楚王马上要死，太子回去就继位。您想想，他继位后能不重用春申君吗？您要是这时候把春申君杀了，岂不彻底让两国撕破脸？倒不如把春申君也放回去，以表示秦国的亲善态度，让两家继续结盟。"

秦昭王一听，很有道理，就这么办吧。于是，春申君毫发无伤地回到楚国，成功参与了窃符救赵之战。

战国四公子的最后一个名额属于孟尝君田文，他是齐国王子（齐威王之孙），年轻时在山东滕州一带有封地，还在这里组建了庞大的门客团队。

孟尝君对门客的态度，和其他贵族可不一样，为了招揽并留住人才，他宁肯舍弃家业也要给门客们丰厚的待遇。不分贵贱，不问来历，只要来投奔，孟尝君都以礼相待。自己吃什么用什么，门客们也吃什么用什么，因此，天下志士对孟尝君都推崇备至。

很快，孟尝君礼贤下士的名声就响彻诸国，以至于连秦国国君都动了心：这么优秀的人才，应该为我所用才对，秦国宰相的位置就属于他！

秦国的邀约从天而降，孟尝君欣慰之余也有一丝忐忑，秦国强大如虎狼，自己过去不管干得好不好，最后能善终吗？不少门客也劝他慎重，别去秦国了，但孟尝君最终还是决定赴任，毕竟能够辅佐君王、建功立业，是那个时代有抱负的贵族们最高的理想。

然而，孟尝君还是低估了秦国的形势，过去报到时发现自己位置上已经有人了：秦国宰相樗里疾。

樗里疾可是秦国的老江湖了，不但地位高、资历深、人脉强，最要命的是嫉妒心很重，对孟尝君这个同僚怎么看怎么不顺眼。

很快，他指使自己的门客去跟秦王进谗言："孟尝君可是齐国人呀，他能安心为咱秦国工作吗？大王雄心盖世，迟早要征服中原的，哪天咱们打到齐国了，孟尝君怎么抉择？他绝对向着齐国，不会给秦国办事的！再说了，就算他没坏心思，他那些门客但凡有一个人想背叛，秦国可就危在旦夕了……"

听完这话，秦王脸都白了，赶紧来问樗里疾的意见，老宰相拿腔拿调地想了一阵，点头道："是这个理，孟尝君这个……这个风险很大啊。"

孟尝君就这么被安排得明明白白，随时可能丢掉小命。

显然，秦国宰相的活干不了了，保命要紧，可等孟尝君回过神来时，他已经被关起来，叫天天不应，叫地地不灵了，怎么办？

危急关头，蓄养多年的门客团队派上用场了。养兵千日，用兵一时，两位下等门客挺身而出，一位学狗叫骗过守卫，偷出宝物贿赂秦王的宠姬，然后由宠姬吹枕头风，说动秦王放了孟尝君；另一位学鸡叫骗开城门，让孟尝君成功跑路，逃出生天，由此还形成了一个成语：鸡鸣狗盗。

信陵君成功解围赵国，平原君捍卫了自己的国家，春申君辅佐君王功劳赫赫，孟尝君也逃脱了小人的暗算，如果故事结束在这里，或许是一场大团圆。

然而历史从来没有什么大团圆。

历史的洪流滔滔而至，笼罩在战国四公子们头上的阴云不但没有消散，还随着时间推移变得越来越厚。

战国末期这几十年，中原大地的形势已无法逆转：秦国越来越强大，兼并六国、一统天下的野心和行动也越来越明显。

这让战国四公子的人生主旋律，都汇入了同一个主题：抗秦。

窃符救赵后，信陵君明白自己的行为属于大逆不道，严重触犯了魏王的底线，因此他不敢回国，就留在赵国，在平原君这边待了十年。

而他离开魏国的这十年里，秦军有恃无恐，多次进犯。魏国吃了好几次败仗，眼看顶不住了，魏王终于拉下面子，写信请信陵君回来："你再不回来，魏国就完了。"

捧着魏王诚恳的邀请函，信陵君左思右想，依然不敢回去，犹豫了多次，最后在门客们的劝说下，他还是回到了魏国。就像魏王期待的那样，归来的信陵君联合其他五国，终于击退了秦军。

一切似乎都很好，但魏王心上那根刺并没有消失，秦国也发现了，于是使出离间计，炮制舆论，一时间关于信陵君野心勃勃，即将干掉魏王自己上位的说法甚嚣尘上，魏国人似乎都信了。

为了证明自己的清白，为了让魏王放心，信陵君开始沉溺于酒色，远离政局，装傻充愣地过了四年，但最终，魏王的鸩酒还是来了。

公元前 243 年，信陵君被毒杀。

……

公元前 221 年很快就到了，秦国终于完成了版图的扩张。虽然战国四公子在历史的洪流中急流勇进，但最终还是湮没在茫茫的历史星河中，成为一道耀眼的光芒，璀璨至今。

得"三杰"者，得天下

提问："汉初三杰"张良、萧何、韩信，谁最厉害？

@ 萧何：

萧何，谢谢。

不要因为我是萧何本人就否定我的答案，况且有些话不是我说的，是刘老板说的。当年建国论功行赏的时候，我可是被钦定的首功，不仅封了侯，食邑也是最多的。当时有人质疑我没有汗马功劳，都被刘老板力排众议驳回了。不仅如此，还允许我带剑上朝，连家里的十来个亲戚都赐了食邑，你们要是不服就是打刘老板的脸，哼。

别以为我不知道，有人在背地里说我只会一张嘴叭叭叭，有本事你也来叭两句？我跟刘老板认识的时候，你还不知道在哪呢。当年陈胜、吴广起义，是我和刘老板相互扶持着从沛县出来，看着他拥有了文才武将，事业也蒸蒸日上，我感到十分欣慰。

第一次来到咸阳的时候，我们看见了秦朝的皇宫。不得不说，天子之物果然与凡人的不同。华丽奢靡的宫室，亮瞎眼的金银财宝，一看就挪不动腿了。只有我不为所动，而是默默干起了后勤工作，把天下各地的户口多少、边塞强弱之处等档案整理收藏起来。你就说巧不巧，要不是我把这些资料保存了下来，后来项羽这小子一把火将咸阳阿房宫烧没了，大家就只能坐在废墟上唱凉凉了。

说起来，韩信这个人还是我推荐给刘老板的呢。后勤工作没干完，还得兼职人事，这年头HR也不好当好吗！刘老板有时候吧，是有点傻，人家韩信投奔来了，居然只给人一军粮管理员的职位，我这边还打算跟刘老板好好说说，那边韩信以为没有希望自己走了，我简直头秃，只能先去把人追回来。

为了刘老板的事业我也是操碎了心，那边安抚下来了，这边还要讨价还价，要个职位跟买菜似的。

刘老板："看在你的面子上，给他个将军当当吧。"

我："人家看不上小管，总经理级别才行。"

刘老板："那……大将军？"

我："好嘞！"

刘老板："行，那你让他过来看看。"

我："不不不，虽然人家是主动跳槽，但如果不以挖人的诚心对待，还是会走的！"

刘老板："哦，行吧。"

就这样，韩信的事才终于定下来。

看在没有功劳也有苦劳的分儿上，我也不是要拉踩，但至少我总比韩信强一点吧？要个点赞总不过分吧。

@韩信：

我谢谢楼上，谢谢你全家。

虽然当初你帮过我是有恩，但后来和吕后一起害死我的事，我还没找你算账呢，等我答完题好好说说，你别想着跑。

就题论题，"汉初三杰"里，我实力也不差。

虽然出身比不上另外两位，但天赋才能这种东西就是这么玄妙，谁能说平民就没有当大将军的能力？在项老板那儿我是干得不咋地，但我认为主要是他人品的问题：匹夫之勇、妇人之仁、不得人心。我跟刘老板说过，虽然他看起来是弱了点，但如果能诚心地对待将士和百姓，使他们爱戴信服自己，那宏图大业也不是没可能。

自此，我便开始跟着刘老板干活，陆续收服魏王、河南王、韩王、殷王等等。那些文人们坐在朝堂里动动嘴皮子的事，我们当兵的却是拿命真刀真枪地拼，有些辛苦说了也没人懂，只有自己知道。

在攻打赵国的时候，就发生过一件事。那时赵国召集了二十万军队，我们总共才几万人，要是贸然打起来简直就是以卵击石。我不能白送人头，只能另想法子。

于是我在半夜叫了两千骑兵，每人发一面红色的旗子，让他们待命。然后带着剩下的人出兵，假装一路溃败逃到没有退路的水边，跟敌人厮杀。果然，我立刻就发现手下的士兵脸色白了。

兵书上记载过，用后世的说法，这叫作背水一战，置之死地而后生。

与敌人战斗正酣时，昨夜待命的骑兵发挥了作用。他们偷偷潜入空荡荡的敌军军营，把敌人的旗子全部换成我们的红色旗子，等水边的敌军发现打不过想撤退时，看见军营里插满了红旗，以为大本营已经沦陷，四散逃跑，这时我们就可以轻而易举地击溃敌方。

这就叫拔旗易帜。

韩信教你学成语 #。

如果上面都不算什么，那么垓下之战想必不用我多说。

如果不是我将项羽围困至垓下，四面楚歌直击楚人灵魂，项老板不会溃败至此，让刘老板顺利统一大业。

所以，我只想对我的老板说一句：

看，这是我为你打下的江山。

结果你就是这样对待我的吗？！

@ 张良：

说实话，我不是很想参加这个竞选，如果可以的话，我申请退出。

@ 司马迁：

我来我来，张老师不愿意说的话，我可以代替，还有楼上两位老师，毕竟你们的故事没有人能比我更了解了。

不愧是我。

先补充前两位老师的一些细节吧。

萧老师保障后勤，韩老师前线杀敌，两人其实是相辅相成的关系。就拿垓下之战来说，若不是在那之前关中有萧老师坐镇治理，项羽兵少食尽，而汉军粮食充足，全然没有后顾之忧，也促不成战事的最后胜利。

另外，关于两位老师的私人恩怨，我想客观地解释一下，萧老师的做法我不予评价，但如果韩老师学会谦让，不过分在意自己的功劳和才能，或许结果会不一样呢。

似乎有点跑题了，言归正传，我们来说说张良老师的故事。

张老师出身于韩国的贵族世家，是三位老师中家世最好的一位，父亲和爷爷都是宰相，这使得他从小就获得了很好的教育。只是时代动乱，韩国灭亡、家族倾落，他对秦国产生了恨意，于是找刺客想刺杀秦始皇，可惜失败了，后来为了躲避追查，便隐姓埋名逃往他乡。

张老师从小便懂得忍的意义，连续几天在路上被一个莫名其妙的老头欺负。这换谁能忍？张老师忍了，脸上笑嘻嘻心里呵呵哒，被使唤来使唤去的。谁能想到最后一天见面的时候，神奇老头突然从兜里掏出一本书，得意地说："嘿嘿，隐士黄石公就是我哦，读了这本书你就可以辅佐皇帝啦！"

张老师一脸蒙地接过书，上面写着"太公兵法"四个大字，正想问呢，一抬头，老头就不见了。

事实证明，爱读书的孩子运气都不会太差，在钻研了《太公兵法》之后，张老师觉得它实在厉害，便将它安利给了在下邳刚遇见的新朋友——刘邦，刘老板这个人还是好说话的，是个卖安利的好对象，听张老师一说，也觉得这本书很不错，两个人聊得投机，一下子就熟络了。

张老师心想，嗯，这个老板能听进劝告，可以跟；刘老板想，这个人似乎挺聪明的，笼络一下，于是两人一拍即合，哼哧哼哧干起事业来。

张老师厉害到什么地步呢，才一两年的时间，就协助刘老板顺利地进入了关中，甚至比早已闻名的项羽还要早一步。

鸿门宴可谓是楚汉相争的重要一幕。张老师和项伯是老相识，项伯知道项羽的意图之后，立刻就告诉了张老师，想劝他跟自己一起跑，但张老师没答应，转头就告诉了刘邦。张老师和刘老板一合计，不如装屎吧，于是把项伯请来演了一出戏，项伯信以为真，回去就在项羽跟前替他们说了好话。

但是话说归说，宴席是跑不了的，只能硬着头皮见机行事。宴上，大家本来好好喝着酒，项庄说无聊，不如舞个剑给大家看看吧，于是突然跳起来，昨晚刚通过气的项伯也跟着跳起来，两个人看似对舞，实际上项庄剑剑指向刘老板，项伯只能借机阻挡。

张老师发觉事情紧急，便出门向樊哙求救，自己留下来掩护瑟瑟发抖的刘老板跑路。

后来刘老板被项羽打得屁滚尿流跑到下邑时，整个人丧得不行，自暴自弃说，谁打赢项羽立功了就把关东送给他，张老师一把捂住刘老板的嘴，忍着脾气跟教孩子似的告诉他这样不行。

张老师："黥布、彭越和韩信，用这三个人，听我的。"

刘老板："……哦。"

再后来，有个叫郦食其的人怂恿刘老板效仿先人，分封六国，以求救援。刘老板傻里傻气的，一听，好像很有道理的样子，就让人去准备施行，等张老师回来还得意地炫耀。

张老师："这人谁啊，听他的你莫不是想亡国。"

刘老板："为啥啊？我觉得没什么毛病啊？"

张老师："我不要你觉得，我要我觉得，听我的。"

然后张老师一连列了足足八条，跟刘老板说为什么不行，气得刘老板呼呼呼："这人什么鬼，垃圾！"然后才把差点又被带跑的刘老板拉回来。

虽然可能是危险发言，但如果没有张老师每次救刘老板于危难之中，楚汉争霸还不知道会是什么结果呢！这大概就是天意吧！

我再透露个小道消息，张老师不仅有文化，相貌也像女孩子一样好看，这种小哥哥不来 pick 一下吗！

@韩信：

大家不要听楼上的，他这就是拉踩

@萧何：

我也有这个感觉

@司马迁：

我不是，我没有

只是因为张老师太淡泊名利了，我才来顺手帮忙的！

@刘邦：

好啦不要吵，就让我来最后总结一下吧

萧何、韩信、张良，你们三个都是我的小可爱哟。虽然我这个人吧，能力是不咋地，运筹帷幄、决胜千里不如张良，安抚百姓、供给粮草不如萧何，统帅大军、行军打仗不如韩信。但正是有了你们三个，我才能得到天下呀！

继承者们之魏国篇

文／望城叽

好消息，好消息，曹魏政权招接班人啦！大家走过路过不要错过！

最近，曹丞相有点头疼，因为他发现自己辛辛苦苦打下的江山，居然选不到一个称心如意的接班人。这实在是一个令人头秃的问题。

话说曹操乃一代英雄豪杰，自小便是拿了主人公剧本的人。他的父亲虽然不是什么名门高官之后，但却幸运地被当时德高望重的宦官所收养，后来还顺便继承了侯爵的身份。果然主人公的出生背景都非同一般，而这一操作生生放大了我们曹阿瞒的主角光环。

可能是老爹曹嵩担心阿瞒不好养活，于是便取了个吉利的名字。对，你没听错，曹操本名就叫作吉利。后来一人之下万人之上的曹丞相可能觉得这个名字有些土气，跟自己英武霸气的气质一点也不符合，于是自己手动改名了。

出生在侯门的曹操和其他高官子弟一样，自小就受到了良好的教育。自古少年多英才，我们曹丞相也不例外。除了必读的儒家经典，他还疯狂迷上了各类兵书，其中对《孙子兵法》百看不厌。随着年龄增长，他的武力值和文学技能也嗖嗖嗖地往上冒。

可渐渐地，大家发现这个少年路子走野了，不仅性格豪放不羁，品行也不加注意，有时还喜欢路见不平行侠仗义。

剧本开始变成了江湖武侠小说！不行不行，得快点拉回来。

鉴于前期曹丞相的一番操作，导致当时的人们都觉得，这不就是普普通通的路人设定吗，有啥好稀奇的。

只有何颙和乔玄两位名士发现了这个隐藏的宝藏男孩。"天下即将大乱，能够平定汉室江山的一定是这个少年！"

合理怀疑这两人是不是提前偷看了剧本，居然预言得这么准！

我们曹丞相虽然性格品行歪了点，但能力上却是没话说。十九岁那年，曹操被举孝廉，进入官场。随后他发挥自己的领导才能，采用铁腕手段治理都城洛阳。可洛阳是个什么地方，到处是皇亲国戚，势力关系交错复杂。当时年轻气盛的曹操由于惩罚了一名受宠宦官的叔父，被调离了都城。

老话说得好，"欲成大事者，必先苦其心志，劳其筋骨。"上天想要抬曹丞相一手，所以必定会提前捶他一棒。只是这棒一捶就把曹操捶回了老家，顺带捶醒了他报效汉室的想法。

曹操后来再次被朝廷起用，但随着职位的升迁，只是让他进一步看清了汉室朝廷的腐朽和没落。后来，汉室衰微，董卓跳了出来，不仅毒死皇帝，还自称太师把控朝政。经过数年权势浸淫的曹操一看：这可不行，凭啥你吃肉喝汤，我要在一旁看着？！于是号召天下英雄起兵讨伐董卓。

曹操的军事才能终于在这个时代发挥到了极致。随着官渡之战等无数战役的胜利，曹操领导的魏氏集团也成为一方霸主，强势霸占了中原北方版图。而曹操也被册封为魏王，虽然名义上位极人臣，但实际上却挟天子以令诸侯，是朝政的实际掌权人。

地位有了，江山也打下来了，可还得找个继承人啊！到底该让谁继承呢？这个问题困扰了曹操好些年。

是儿子少吗？

不是，曹操的儿子有二十五个，甚至能进行一场曹家兄弟友谊足球赛。

是儿子不争气吗？

也不是，相较于同时代著名败家儿子"扶不起的阿斗"，曹操的儿子可谓是太争气、太长脸了，六岁会称象的曹冲、才高八斗的曹植、文武双全的曹丕……这要让刘备看了会嫉妒死好吗！

本来曹操是没有这个顾虑的，大儿子曹昂不仅英勇非常，还十分孝顺，只可惜在一次战败中，曹昂将自己的坐骑让给曹操先逃跑，而自己却因此丧命了。

曹操："别说了。"悲痛欲绝 × 10000。

长子去世，太子的位置就悬空了。也许是自己能力太强、太优秀，曹操也想找个跟自己相像的儿子做继承人。看来看去，还是小儿子曹冲甚合他意。

曹冲从小便与同龄人不同，不仅善于观察，还十分聪明善良。有一次管仓库的小吏发现曹操的马鞍被仓库里的老鼠咬坏了，急得不行。机智的小可爱曹冲便想出一条妙计，先把自己的衣服弄破，装作是被老鼠咬坏的。曹操知晓此事后，觉得鼠患猖獗，再听说马鞍被咬坏，便没有惩罚小吏。

曹操实在是太喜欢这个聪慧的小儿子，几次在大臣面前表明想立他作为太子。可天不遂人愿，曹冲在十三岁那年生重病

222

去世了。

曹操："别说了。"悲痛欲绝×10000000000。

曹操看着剩下的一堆儿子，翻翻拣拣，终于挑出两个还不错的儿子作为首发人选：曹丕和曹植。

说起曹丕和曹植那可有故事了。两人本为一母所生，曹植比曹丕小五岁。曹植性格坦率，追寻自然，行事颇有些其父放荡不羁的风范。他小时候便熟读儒家经典，才思敏锐，出口成章。

曹操看到他文采斐然的文章都惊诧地问："儿子啊，这该不会是你请枪手代写的吧？"

小曹植："爹，你看不起我，不信当面考我啊！而且我们家自带神童基因，你不知道吗？"

曹操点点头："嗯嗯，还是我的基因好。这儿子不错，很得我心。"

曹植【好点值】+1。

从十六岁开始，曹植主动请缨随父出征，经历了大大小小的战争，还写了一篇《白马篇》记录了战争的情形，表达了自己建功立业的志向。曹操一看，嗯，不错有志气！

曹植【好点值】+2。

曹植十八岁那年，另一件事情又刷爆了曹操的好感。这一年，曹操在邺城所建的铜雀台完工。这铜雀台可不是曹操一时兴起才决定建造的，它背后还有一段故事。

那年官渡之战袁绍大败，建安九年，袁绍的两个儿子也被曹操击败，邺城被一举拿下。当夜终于消灭了心腹之患的曹操开心得不得了，决定在邺城彻夜庆祝，可是没想到半夜时偶然发现有一道金光从地上冒出来，眨眼就不见了。

曹操心中好奇，于是第二天便让人在昨晚出现金光的地方挖土。属下哼哧哼哧挖了半天，万万没想到最后却挖出一只铜雀。

这……这是个什么情况？

在大家还没反应过来的时候，一位叫作荀攸的谋士站出来秀了一波智商。

"主公啊，这是大吉呀！"

一众将士："喵喵喵？你说什么，我怎么听不懂的亚（样）子。"

"主公啊，昔日舜帝的母亲夜里梦见了玉雀，后来才生下了舜帝。您今日得了上天的启示得了铜雀，可不就是大吉嘛！"

一众将士："啊啊啊！好有道理！（果然读书人就是有文化。）"

曹操一听喜上眉梢，这不是把我和舜帝相比嘛，这怎么好意思。但是，这是上天的意思啊，为了不负上天的好意，曹操立刻决定在邺城修建铜雀台，并以此彰显自己平定天下的功劳。

啧啧啧！

在铜雀台建成的那天，曹操召集了一大批手下的文人谋士，一起登上高台欣赏风景，顺便考个试。考试的内容嘛，就是以铜雀作赋。

这对我们大才子曹植来说，简直是信手拈来。提起笔刷刷刷就写了一首《登台赋》。

"爹，我写完了，你瞧瞧。"

曹操环顾四周，发现大家都没写完，就曹植一人提前交卷了，拿起来一看，心中却一阵惊奇。

要问惊奇啥？

曹植写得太好了，也太妙了。

"从明后而嬉游兮，聊登台以娱情。"开篇先写这次登铜雀台的原因是和父亲一起登台赏玩。"建高门之嵯峨兮，浮双阙乎太清……临漳川之长流兮，望园果之滋荣。"再描写铜雀台巍峨的外观和远望壮观的风景。

接着又狠狠地吹了自己父亲的一波彩虹屁："虽桓文之为盛兮，岂足方乎圣明。"虽然齐桓公、晋文公开创了盛世，但怎么比得上我父王的圣明呢！

最后顺势表达了自己的美好希冀："恩化及乎四海兮，嘉物阜而民康。"希望四海升平，民富安康。

整篇文章不仅文辞优美，而且情感真挚，衔接自然，在所有作品中脱颖而出。曹操自身文学欣赏水平很高，对文章诗赋又十分喜爱，再加上这些恭维之言简直就是取向狙击好吗！

于是曹植【好点值】+3。

曹植同学最近股市看涨，不仅被封了侯，还被任命戍守邺城。

曹丕："爸爸不爱我，宝宝委屈，但宝宝不说。"

原本，曹植凭借自己的才华有很大机会成功上位的，但最后坏就坏在才华上。

自古以来，天才的文人性格都狂傲，甚至还有些癖好。曹植的癖好就是喝酒，有时候酒劲上头，做什么都不管不顾。在他二十五岁时，某天正好曹操不在宫中，曹植喝完酒后发酒疯坐着车马擅自打开了宫殿的司马门。

这司马门可不是简简单单的一道门，只有皇上在举办祭祀等重大典礼的时候才能从此通过。而曹植不仅打开了，还一路驾着马车驰骋游玩。

等曹操回家一看，好啊，这是挑战我的权威，立刻暴怒！老爹很生气，后果很严重。

曹植【好点值】-10000，并被踢出比赛。

同年十月，曹操宣布曹丕成为下一任曹氏集团接班人。

曹植："一手好牌打得稀烂。"

曹丕："开心。"

说到曹丕，自小也是熟读四书五经，虽说没有曹植天赋那么惊人，但也是稳扎稳打地一路成长。六岁时学会了射箭，八岁就学会了骑马，十岁就跟着父亲开始了马背上的生活。

也就是在他十岁那年，他大哥曹昂将战马让给父亲，自己却在战场中牺牲，曹丕当时也深陷战场，不过侥幸乘马逃脱。

也许是童年的生活和经历，让曹丕形成了和曹植完全不同的性格。他行事更加沉稳，且善筹谋。在当上继承人后稳步发挥，不仅平定叛乱，还积极组建文学小团体，倡导文学创作。

公元 220 年，曹操去世，曹丕称帝成功掌权。而曹植被多次远封，再未接触过权力中心。

或许这便是魏国男人们的命运吧！胜者为王，败者为寇。注定坎坷，却注定不凡。

战国天团：

〔队长〕

代表事迹：窃符救赵、礼贤下士

"大梁贵公子，气盖苍梧云。救赵复存魏，英威天下闻。"

信陵君魏无忌
投票

〔社交担当〕

代表事迹：赵胜杀妾、毛遂自荐

"翩翩公子，天下奇器。笑姬从戮，义士增气。兵解李同，盟定毛遂。"

平原君赵胜
投票

〔贤能担当〕

代表事迹：焚券市义、赴秦险行

"若夫田文、无忌之畴，乃上古之俊公子也，皆飞仁扬义，腾跃道艺。"

孟尝君田文
投票

〔辩论担当〕

代表事迹：围魏救赵、辅佐太子归国

"宏才伟略，大度深思，三千朱履，百万雄师，名列四杰，声振华夏。"

春申君黄歇
投票

汉初天团：

〔智力担当〕

代表事迹： 出谋划策、治国安邦

"运筹策帷帐之中，决胜于千里之外。"

张良

投票

〔后勤担当〕

萧何

投票

代表事迹： 追韩信、管吃管住

"故相国萧何，高皇帝大功臣，所与为天下也。"

〔武力担当〕

代表事迹： 打胜仗

"抱王霸之大略，蓄英雄之壮图，志吞六合，气盖万夫。"

韩信

投票

魏国天团：

〔狡诈担当〕

代表事迹：《观沧海》《龟虽寿》

"时将乱矣，天下英雄无过曹操。"

曹操
投票

〔才华担当〕

代表事迹：《洛神赋》《七哀诗》

"骨气奇高，词彩华茂。情兼雅怨，卓尔不群。"

曹植
投票

〔稳重担当〕

代表事迹：《燕歌行》

"文帝天资文藻，下笔成章，博闻强识，才艺兼该。"

曹丕
投票

三大天团等你来 PICK

图书在版编目（CIP）数据

美男向你发出好友申请 / 古人很潮编著 .

— 武汉：长江出版社，2020.4

ISBN 978-7-5492-6923-5

Ⅰ . ①美… Ⅱ . ①古… Ⅲ . ①故事 – 作品集 – 中国 – 当代

Ⅳ . ① I247.81

中国版本图书馆 CIP 数据核字（2020）第 060771 号

美男向你发出好友申请 / 古人很潮编著

出　　版	长江出版社			
	（武汉市解放大道1863号　邮政编码：430010）			
选题策划	漫娱　杨宇峰			
市场发行	长江出版社发行部			
网　　址	http://www.cjpress.com.cn			
责任编辑	江　南			
特约编辑	郭　昕　郝临风			
总 编 辑	熊　嵩			
执行总编	罗晓琴			
封面插图	不带不带电	开　　本	889mm×1230mm　1／32	
装帧设计	龚　菲	印　　张	7	
印　　刷	武汉新鸿业印务有限公司	字　　数	194千字	
版　　次	2020年4月第1版	书　　号	ISBN 978-7-5492-6923-5	
印　　次	2020年4月第1次印刷	定　　价	36.00元	